Kathrin Schröder

Der magische Hauch

Märchenbuch

© 2016 Kathrin Schröder

Herstellung und Verlag:
BoD – Books on Demand, Norderstedt
ISBN: 978-3-7392-3290-4

Printed in Germany
Umschlaggestaltung: Juliane Schneeweiss
(www.juliane-schneeweiss.de)

Bildmaterial: © Depositphotos.com

Grafik: Joachim Kratsch

MIX
Papier aus verantwortungsvollen Quellen
Paper from responsible sources
FSC® C105338

Inhaltsverzeichnis

Vorwort

Es ist wie es ist und kommt, wie es soll, so erzählen Märchen solange die Menschen sich Geschichten erzählen. Oft sind Märchen die ersten Geschichten, die Kinder zu hören bekommen, erzählt oder vorgelesen - oder waren es zumindest in meiner Kinderzeit.

Märchen haben mich früh fasziniert, besonders, als ich lernte, dass es noch viele mehr gab als die ganz bekannten. Doch je mehr ich las und sammelte, je mehr ich mich in die besondere Sprache von Märchen verliebte, desto mehr fand ich immer wieder.

Bilder und Motive, Gestalten und Geschichten, die ich aus den klassischen Märchen kenne, sehe ich in Märchen aus ganz fremden Ländern wieder und wieder erzählt, ähnlich und gleich und doch vollkommen anders.

Als ich begann über ein eigenes Märchenbuch nachzudenken, habe ich auch an meine Kinderzeit gedacht und an später, als für mich der Beruf eines Märchenerzählers ein absoluter Traum gewesen wäre. Bis ich erfuhr, dass in diesem Beruf heute nicht erzählt, sondern auswendig vorgetragen wird - kein Wort darf sich ändern. Ich aber glaube gerade Märchen leben davon, dass zwar die Geschichte und was man daraus lernen kann unverändert bleiben, der Blickwinkel aber von Erzähler zu Erzähler geändert werden darf.

So möchte ich Sie auf eine Reise einladen, eine Reise in altbekannte und weniger bekannte Märchen, erzählt für Kinder und Erwachsene. Mit der Stimme des Märchens und oft auch mit der Stimme eines Menschen, eines Tieres oder einer anderen märchenhaften Gestalt, die das Märchen mit ihren Worten erzählt.

Lange habe ich überlegt, welche Märchen ich erzählen möchte und habe mich am Ende für die deutschen Klassiker entschieden: Märchen aus dem Buch der Kinder- und Hausmärchen der Gebrüder Grimm.

Etliche sehr bekannte, etliche weniger bekannte Geschichten – so deckt dieses Büchlein nur eine kleine Auswahl daraus ab.

Mich reizen auch noch andere Märchen – hier speziell auch Autorenmärchen - aber diese könnten den Umfang dieses Buches sprengen.

Aber dies ist eine andere Geschichte und soll ein anderes Mal erzählt werden.

Jetzt wünsche ich zunächst viel Freude mit alten Bekannten und neuen Begegnungen.

Ihre Kathrin Schröder

Der Froschkönig oder der eiserne Heinrich

Alles was Recht ist, tauschen hätte ich nicht wollen, obwohl ihr Leben ein Traum ist. Ich war eine der - wie nennt man das am besten - ausgewählten Spielgefährtinnen der Königstochter. Unsereins konnte als Kind hinausgehen und spielen mit all denen, die gerade auch Zeit hatten. Wenn Mutter rief, tat ich etwas, holte die Eier unter den Hühnern hervor oder brachte unseren Korb mit Essensresten zu den Nachbarn, die Schweine hatten. Aber wenn ich nicht arbeiten musste, dann war alles dort draußen ein Spielplatz, und ob es ein Junge mit einem Ball war oder ein Mädchen mit einem Korb Blumen, ich konnte mit allem und allen spielen.

Als aber der König wieder eine Tochter bekam, ritten Männer durch das Land und suchten artige Mädchen aus braven Familien. Wir sollten im Schloss wohnen und mit der Königstochter spielen, sollten lernen, was sie lernte und immer an ihrer Seite sein. Eine Woche im Jahr konnten wir zu unseren Eltern zurück, und als Dank hatten wir am Ende eine Ausbildung und kannten viele reiche und mächtige Menschen, so dass zu erwarten war, dass unsere Kinder nicht mehr wüssten, womit man Schweine füttert oder wann die Hennen legen.

So kam ich also in das Schloss und spielte mit der Königstochter, was immer ihr oder uns in den Sinn kam. Wir waren alle nicht hässlich, ebenmäßig in Gesicht und Wuchs, aber die Prinzessin war schöner als wir alle zusammen.

Aber sie war auch verwöhnt, denn jeder Wunsch wurde ihr von den Augen abgelesen, weil sie des Königs Tochter war, und wer es nicht deshalb tat, der tat es, weil so ein schönes Kind nur Schönes verdient hat, so sagten sie.

In dem Stück Wald am Schloss aber unter einer alten Linde, die wohl in alten Zeiten manches Fest und manchen Tanz gesehen hat, da war ein Brunnen, und wie warm die Sonne auch schien, dort war es immer kühl. War ihr langweilig und es war heiß, saß die Prinzessin mit mir oft dort und spielte mit einer goldenen Kugel, so wie du und ich mit einem Ball spielen.

Sie warf und fing und warf und fing und wurde des Spiels später müde als ihre eigene Hand, denn auf einmal sahen wir beide die Kugel in den Brunnen rollen. Sie bekam sie nicht mehr, und ich war ein Stück zu weit fort, um es zu versuchen, und so hörten wir beide nur den Klang der Kugel auf dem Wasser. Ein Ball wäre vielleicht geschwommen, da hätte ich es mit einem Eimer versucht, die Kugel aber fiel tief, und so weinte die Königstochter um ihr Spielzeug.

Verwöhnt war sie! Um einen Ball zu weinen! Wenn er auch aus Gold war, ihr Vater hätte ihr jeden Tag einen Schöneren geben können. Ja, wenn es eine Puppe gewesen wäre, das ist etwas an das ein Kind sein Herz hängt und seine Geheimnisse erzählt, aber ein goldener Ball?

Dennoch versuchte ich zu trösten, aber sie scheuchte mich ein paar Schritte von sich, wollte nur leiden und trauern und weinen und erwarten, dass jemand schon alles für sie nach ihren Wünschen formen würde.

Ein paar Schritte weg und doch hörte ich die Stimme des kleinen Frosches, der sich wegen des Geschreis und Gejammers heraus gewagt hatte.

„Was weinst du?" fragte er und sie erzählte ihr Leid um die dumme Kugel. „Das ist mir leicht", sagte der Frosch, „deine Kugel hole ich Dir, wenn Du mir etwas Rechtes dafür geben wirst."

Sie war es nicht gewohnt, dass Hilfe einen Preis hat, den hatte sonst der König gezahlt und bot dem Frosch alles von Wert, was ihr eigen war: Perlen und Schmuck, schöne Kleider und eine Krone..... Der Frosch aber wollte all das nicht haben, sondern verlangte einen Platz wie für einen Spielkameraden, dasselbe, was wir auch haben und noch mehr.

„Sitzen an deiner Seite, essen von deinem Teller, trinken aus deinem Becher und schlafen in deinem Bett!" So wie ich sie kannte, dachte sie wohl: Vater regelt das, oder der Frosch kann sowieso nicht ins Schloss, und willigte in alles ein. Kaum gesagt, tauchte der Frosch und kehrte schnell mit der Kugel zurück nach oben. Kaum hatte sie die Kugel in der Hand, sprang sie auf und lief schnell zurück, dass ich kaum folgen konnte, viel weniger noch der Frosch mit seinen kurzen krummen Beinen.

„Das ist ausgestanden!", so sprach sie abends zu mir, bevor wir zu Bett gingen, aber ich hielt den Mund und dachte mir mein Teil. Richtig, am Abend auch, als sie mit dem König und den Hofleuten bei Tische saß und wir alle speisten, gab es einen Tumult bei der Tür und eine Stimme verlangte sie. So schnell habe ich sie noch nie die Türe schließen sehen und so angstvoll sah sie noch nie aus, wie hernach wieder bei Tische. Dem König war es nicht entgangen, und er fragte nach dem Grund - so musste sie ihr Erlebnis vom Vortag beichten, bis hin zu dem Versprechen an den Frosch.

Ein zweites Mal klopfte es, und ein zweites Mal rief der Frosch, und der König löste ihre Sorgen nicht sondern befahl: „Wer du auch bist, ein Versprechen muss ein jeder halten, auch meine Tochter", und sie musste dem Frosch die Tür öffnen.

Hinaufheben auf den Tisch, den Teller hinüberschieben, den Becher reichen, aus dem sie selbst trank. Jeder konnte sehen, wie schwer ihr das war, aber unter den Augen ihres Vaters wagte sie nicht zu zögern. Erst als er in ihr Bett gelegt werden wollte, versuchte sie sich herauszureden. Der König ward zornig und ihr blieb nichts, als den Frosch hinauf zu nehmen. Ich folgte ihr um zu sehen, wie es weiter ging, und sie ließ ihn nur in der Ecke sitzen, und er forderte wieder einen Platz in ihrem Bett.

Da wurde sie ungehorsam, der Ekel und die Angst waren wohl auch zu viel für sie. Ihr hatte niemand als Kind Frösche geschenkt, und sie hatte nie ohne Angst und Ekel einen berührt. Jetzt aber fasste sie zu, nahm ihn und warf ihn an die Wand, hoffend, der schreckliche Traum zu dem ihr Leben grade wurde, habe ein Ende.

Aber es fiel kein Frosch herab, garstig und mit verrenkten Gliedern - nein, auf dem Boden landete ein schöner junger Mann, gekleidet wie ein Prinz.

Da lief ich los ihren Vater zu holen, und wir beide fanden die Beiden im trauten Gespräch.

Wie der Vater nach dem Woher und Wohin fragte, erkannte er, dass es ein Königssohn war aus einem anderen Lande, dessen Vater er gut kannte. Eine Hexe hatte ihn verwandelt und nur seine Tochter allein, hatte ihm die alte Gestalt zurückgeben können.

Wie der König nun sah, wie vertraut die beiden jungen Leute einander schon nach wenigen Sätzen waren, versprach er seine Tochter dem fremden Prinzen zur Ehe.

Am nächsten Tag schon kam ein herrlicher Wagen mit acht weißen Pferden und goldenem Zaumzeug und Federn auf dem Kopf. Das junge Paar sollte in das Reich des Bräutigams fahren und dort getraut werden, und ich durfte als Vertraute, als Brautjungfer dabei sein und dann entscheiden, wie es mit mir weiter ginge.

Der Diener aber ging merkwürdig krumm, als er den Beiden in den Wagen half, stellte sich hinten herauf, um nicht zu stören und dennoch greifbar zu sein. Der Wagen aber hatte einen Sitz aussen, den nahm ich und konnte so mit dem Diener sprechen. Warum er krumm ginge, fragte ich und er sprach von dem ganzen Leid und dass sein Herz schier zerreißen wollte, als sein Herr als Frosch durch die Welt gesprungen sei. Damit sein Herz nicht ganz am Weh zerspränge, habe er sich drei eiserne Bande schmieden lassen, die trage er um die Brust. Und wie sie so fuhren und Heinrich, so hieß der Diener, immer glücklicher klang, da gab es einen lauten Knall, als sei ein Rad gebrochen. Der Königssohn schaute auch gleich, was geschehen sei und als sein Diener nicht neben dem Wagen stand, mahnte er ihn: Heinrich der Wagen bricht!

Aber Heinrich zeigte auf seine Brust, wo der erste Ring in tausend Stücke gebrochen war von der ganzen Freude, die er um seinen Herrn und dessen Wiederkehr hatte. Noch zweimal knallte es, noch zweimal fragte der Prinz und am Ende ging Heinrich gerade und aufrecht, weil all die Bande zersprungen waren.

Wir kamen gut in das Reich des Prinzen und morgen soll die Hochzeit sein. Alle warten schon ganz sehnsüchtig, aber keiner so sehr wie die Prinzessin und ihr Prinz. Und morgen Nacht wer weiß, wenn keiner von beiden Diener oder Brautjungfer braucht, werden Heinrich und ich wohl auch zu einem Tanz kommen und einem Gespräch in der Laube - mal sehen, was die Zukunft noch bringt...

Der Wolf und die sieben jungen Geißlein

Einst war ich jung, jetzt bin ich alt. Einst war ich dumm, dann musste ich schlau werden und jetzt …. Aber das ist eine andere Geschichte.

Meine Mutter war nicht so jung, als sie mich und meine sechs Geschwister hatte und uns kam es oft so vor, als sei sie besorgter als andere Mütter. Heute, wo ich selbst Kinder habe, sehe ich das anders, aber auch das ist eine andere Geschichte.

Mutter ging oft in den Wald, dass wir gutes und reichliches Essen hätten, aber die Angst vor dem Wolf, die verließ sie nie. So warnte sie uns immer und immer wieder vor seiner rauen Stimme und seinen schwarzen Füßen, und wir dachten: So schwer kann es doch nicht sein den Gevatter Wolf zu erkennen.

Von jenen Tagen aber, von denen ich heute erzählen mag, da war der Wolf gierig auf junges Fleisch und verschlagener, als er es heutigen Tags oft ist. Erst prüfte er unsere Wachsamkeit, aber seine Stimme verriet uns, dass nicht die Mutter rief. Wir taten uns voreinander groß, gegen unsere Schlauheit habe der Wolf keine Chance.

Dann aber verstellte er die Stimme , indem er Stück Kreide fraß, und sie war weich wie Mutters Stimme – hätten wir die schwarze Pfote nicht gesehen, die Tür wäre schneller auf gewesen als meine Geschwister: „ICH bin der Schlauste" – sagen konnten.

Die Menschen aber, die ihm schon die Kreide verkauft hatten, halfen auch da und seine Schmeichelei verführte wohl den Bäcker, die Pfote mit Teig zu verbinden und den Müller noch weißes Mehl darauf zu geben. Als also wieder der schlaue Wolf an die Türe kam, konnte ich meine älteren Brüder und Schwestern warnen, so viel ich wollte. „Der gibt nicht so schnell auf". Sie fühlten sich zu klug, alt und weise, um auf mich kleines Dummerchen zu hören. Die Pfote wollten sie sehen, sahen nur die Farbe und nicht die Form.

Sah für sie aus wie unsere Mutter, klang nach ihren Schmeichelworten und wer weiß, was sie Schönes aus dem Wald mitgebracht hatte. Also aufschließen die Tür, und als sie sich öffnet - auseinanderstieben wie eins. War nicht die Mutter, war der Wolf und schaute hungrig und gierig.

Aber wir hatten so oft Verstecken gespielt und kamen uns so klug vor, dass es schnell ein Gezanke und Rennen zu den liebsten Verstecken gab. Unterm Tisch, unterm Bett, in der Schüssel, im Schrank und in der Küche. Ich aber wusste, dass ich nicht die Kraft und die Zeit hatte mich gegen die stärkeren Brüder und Schwestern durchzusetzen, nahm also das einzige Versteck, das nur für mich passte und nur so gerade eben. Die Standuhr auf, hinterm Pendel an die Wand gedrückt, dass sie schön weiter tickt und meinen Herzschlag übertönt. Schreckliches hörte ich draußen: Geschrei und Gerenne, Umstürzen von allerlei und das gierige Schlucken, das ich wohl nie vergessen werde. Mein Herz aber schlug im Takt der Standuhr und jede Sekunde dehnte sich zu Stunden.

Dann aber ging die Tür auf, und ich machte mich bereit für das allerletzte Stündlein - aber Mutter stand davor. Ihre Rufe hatte ich gehört und auch geantwortet, wie sie mir bestätigte, aber das wusste ich kaum in dem großen Schrecken um uns her. Alles zerschlagen und durcheinander geworfen, alles kaputt und zerstört. Nur die Uhr heil - hatte der Wolf wohl geglaubt, wenn sie tickt kann niemand darinnen sein. Zitternd erzählte ich Mutter das ganze Unheil, und wir weinten um die verlorenen Brüder und Schwestern.

Aber dann fand sie auf einmal Kraft und ging hinaus - wie um Luft zu holen nach diesem grässlichen Ort, der gestern noch ein zu Hause gewesen war. Auf der Wiese aber lag der Wolf und schlief, und an Mutters Seite ging ich ganz tapfer nah heran.

Sein Bauch aber war dick und groß und zappelte und wackelte, wie wir es noch nie gesehen hatten. Mutter schickte mich Schere und Nähgarn holen, schnitt dann beherzt zu und ... sie waren alle noch lebendig und stiegen eins nach dem andern aus dem engen Gefängnis des Bauches. So gierig war der Wolf, dass er jedes im Ganzen heruntergewürgt hatte, und wir freuten uns und wollten springen und feiern.

Mutter aber dachte weiter und ließ uns Steine sammeln, Steine, die sie in den Bauch des Wolfes nähte, wo gerade noch ihre Kinder gewesen waren. Wir aber wurden ins Haus gescheucht, schneller als wir bis sieben zählen konnten und haben den Rest nur durch das Fenster betrachtet.

Wir sahen wie der Wolf nach langem Schlaf aufstand und unseren Brunnen suchte, hörten die Steine in seinem Bauch lautstark aneinanderschlagen und wie er murmelte: „Was rumpelt und pumpelt denn da in meinem Bauch, sind 7 Geißlein und fühlt sich an wie sieben Wackersteine." Kam an den Brunnen und neigt sich zum Eimer - aber da waren die Steine zu schwer und er fiel und fiel tief in unseren Brunnen hinein.

Jetzt war kein Halten mehr, ersoffen der böse Wolf - und Mutter und wir feierten ein großes Freudenfest.

DIE DREI SPINNERINNEN

Wisst Ihr noch, was das ist? Spinnen? So zum Spaß ein wenig Wolle in einen Faden verwandeln, wenn das Spinnrad sich recht schön dreht, das ist eine große Freude. Aber spinnen müssen, den ganzen Tag, das macht den Rücken krumm und die Augen müde.

Der Fuß tritt das Rad, schön gleichmäßig, die Hand führt die Fasern, die Garn werden wollen und wenn man Pech hat, dann ist es nicht schöne weiche Wolle, sondern harter Flachs. Flachs ist eine Pflanze aus der sich Leinen spinnen lässt. Sehr schön und glatt und kühl im Sommer, wenn man einen Stoff daraus gefertigt hat. Aber wenn es ein Garn werden soll, dann sticht der Flachs in die Finger und braucht Wasser um weich genug zu sein und ein Faden zu werden.

In der Zeit, in der diese Geschichte spielt, da war es nichts, was eine Mutter schätzte, wenn die Tochter klug war und recht viel wusste. Nein, eine Tochter, die der Mutter wert war, war ein Mädchen, das immer und immer die Hände in Arbeit bewegt hat. Sie mochte kochen und backen, nähen und stopfen, kleine Geschwister hüten oder aber, wenn all das getan war, am Spinnrad oder Webstuhl sitzen und Garn oder Stoff machen. Ein Mädchen, welches das nicht tat, ward faul geheißen, so fleißig sie auch andere Dinge tat.

Heut will ich eine Geschichte erzählen von solch einem Mädchen, eines, das schlau war und sich zu helfen wusste und dies obwohl oder gerade weil sie nicht so recht in ihre Zeit passte.

Das Einzige, was von dem Mädchen bekannt war, ist, dass sie nicht spinnen mochte. Ob sie als klug galt oder schön, ob sie witzig war oder wunderschön malte, das interessierte gleich niemanden.

Sie wollte nicht spinnen und nichts, gar nichts konnte sie umstimmen. Die Mutter mochte reden, die Mutter mochte schimpfen – nichts, aber auch gar nichts half. Da platzte der Mutter eines Tages der Kragen, und sie schlug ihre Tochter, bis diese weinte. Genau in dem Moment kam die Königin des Landes in einem Wagen vorbei, hörte das Weinen und fragte die Mutter nach der Ursache.

Die Mutter aber wollte nicht eingestehen, dass ihr Kind so faul war und drehte und wendete die Geschichte, damit sie gut aussah und ein anderer Mensch sich um das Problem kümmern sollte. So sagte sie der Königin: „Meine Tochter mag immer spinnen, und ich kann nicht so viel Flachs bezahlen, deshalb schlug ich sie."

Die Königin aber liebte das fleißige Summen des Spinnrades und lud die Tochter ins Schloss. Sie habe Flachs mehr als genug, da könne das Mädchen spinnen, wie es wolle. Die Mutter gab ihr Kind gern her, und die Königin nahm sie gern mit. Sie hatte gleich ihren ganz eigenen Plan und brachte das Mädchen, kaum angekommen in drei Kammern voll des schönsten Flachses. Ganz vertraulich wandte die Königin sich zu dem jungen Mädchen und sagte ihr: „Fleiß zählt mir mehr als Reichtum, deshalb werde ich dir, wenn Du alle drei Kammern versponnen hast, meinen ältesten Sohn zum Ehemann geben."

Das Mädchen aber war nicht dumm, sah die Menge des Flachses und dachte bei sich: „Wenn ich auch morgens bis abends das Spinnrad drehte, 300 Jahre würde es wohl dauern, das alles in Garn zu spinnen." So setzte sie sich dazwischen und weinte drei Tage lang. Am dritten Tag kam die Königin zu schauen, was fertig geworden sei, aber es war gleich nichts geschehen, nur das verweinte Mädchen saß dort. So glaubte die Königin, der Schmerz das Haus der Mutter verlassen zu haben, wäre der Grund für die Faulheit, sprach aber ein Machtwort und erwartete für den nächsten Tag fleißige Arbeit.

Die Kammer aber, in der das Mädchen saß, hatte ein Fenster zur Straße und eine kleine Tür – etwas, was heute in Schlössern kaum zu finden ist. Und in ihrer Sorge schaute sie auf die Straße, als ob dort gleich die Antwort vorbeigelaufen käme. So sah sie drei Frauen, merkwürdig anzusehen, die erste mit einem breiten Fuß, die zweite mit einer Unterlippe, die vor das Kinn hing und die dritte Frau hatte einen ganz breiten Daumen. Die schauten herauf, fragten woher und wohin und boten Rat und Hilfe. „Wir werden dir helfen, Mädchen, wenn du uns zu deiner Hochzeit einlädst, wie Ehrengäste an deinen Tisch, uns deine Cousinen nennst, dann werden wir dir den ganzen Flachs für dich spinnen."

Gesagt getan, das Mädchen stimmte zu, die Weiber kamen herein und schneller als das Auge sieht, drehte die erste das Rad, die zweite feuchtete den Faden an und die dritte drehte das Garn. So fiel Garnknäuel um Garnknäuel zur Erde, und das Mädchen sputete sich die ordentlich alles zur Seite zu räumen. Denn sie war nicht eigentlich faul, nur Spinnen, das wollte sie nicht. Die Weiber versteckten sich, wenn die Königin kam, und diese war voll des Lobes über die fertige Arbeit. Schneller als gedacht ward der erste Raum fertig, dann der zweite und zuletzt der dritte. So schnell sie gekommen waren, so schnell waren die Weiber wieder gegangen, erinnerten noch an das Versprechen, und dass das Mädchen sich noch freuen würde, wenn sie zur Hochzeit kämen.

Die Königin war hocherfreut, und auch der Prinz war dieser geschickten und fleißigen Frau gleich zugetan. So haderte er auch nicht, als sie zur Hochzeit drei Basen laden wollte, das ist das alte Wort für die, die heute Cousinen heißen.

Er staunte nicht schlecht, als diese drei merkwürdigen Weiber zur Hochzeit kamen und war zu neugierig um nicht zu fragen, woher das wunderliche Aussehen kam.

Er fragte zuerst die mit dem breiten Fuß, und sie sagte: „Vom Treten hab ich den, vom Treten", dann fragte er die mit der Unterlippe bis zum Kinn. „Vom Ablecken, vom Ablecken!" antwortete die, die den Faden beleckte, „um ihn fein zum Spinnen zu machen!" und zuletzt meinte, die den breiten Daumen zeigte: „Vom Faden drehen ist er so breit, vom Faden drehen."

Da sah der Prinz seine schöne Braut an, dachte an den Fleiß beim Spinnen und gruselte sich ein wenig vor der Zukunft. Und wie er sie später alleine bei sich hatte, flüsterte er ihr mancherlei

Schönes ins Ohr, aber erbat auch das Versprechen, sie möge nie, nie wieder ein Spinnrad an-
rühren. So hatten am Ende alle alles, was sie
gewollt hatten, nur auf einem krummen Weg
und nicht auf einem geraden. Aber man sagt im
Märchen, da sind die Prinzen mit ihren schönen
Frauen glücklich bis an das Lebensende und so
wird es hier wohl auch gewesen sein.

ASCHENPUTTEL

Gut ist es uns gegangen und dumm ist es aus-
gegangen, nicht wahr, meine liebe Schwester?
Mutter hatte mit uns genug zu schaffen, war
aber immer noch fein anzuschauen und wie der
reiche Mann dort im Nachbarorte allein mit seiner Tochter blieb, da hat sie ihm bald schöne
Augen gemacht, wohl einen Kuchen und ein
Brot gebracht. Hat schön getan mit dem Kinde,
und wenn wir murrten, so sagte sie: „Mag ich
euch heute fehlen, er wird es uns allen doppelt
und dreifach zurückzahlen."
So ging es über den Winter, als der Schnee das
Grab der ersten Frau deckte, und im Frühjahr
hatte sie ihn um den Finger gewickelt und zum
Mann genommen. Wir waren auch schön anzuschauen und dachten uns das Leben so schön
zu machen, wie es uns aus dem Spiegel entge-
genlachte.
Die Tochter des Mannes aber war einfältig, sah
nicht den Reichtum und die Vorteile damit,
weinte noch immer am Grab der Mutter und
betete abends beim Herrgott um Beistand. In
der Stube war es schön, wenn Mutter und wir
dort saßen in guten Kleidern, Tee tranken und
so genau in den schönen Raum hinein gehörten.
Das Kind aber war – nun nicht hässlich – aber
langweilig angezogen, sprach auch nicht über

die wesentlichen Dinge wie Kleider, Schmuck, die Frisur und einen guten reichen Ehemann - demnächst, sprach nicht vom nächsten Ball und wusste gleich gar nichts Wichtiges vom Leben.

Wenn sie uns nicht unterhalten kann und nicht schön für die Augen ist, dann mag sie dort sein, wo man in dieser Kleidung hingehört, dachten wir. Wir schickten sie in die Küche, wo sie nicht klagte und jammerte, nur den grauen Kittel nahm und die groben Holzschuh. So sparten wir das Geld für die Küchenmagd und konnten uns noch mehr schöne Dinge gönnen. So schlimm wie es heute heißt, waren wir auch nicht, wenn sie gut gearbeitet hatte, aß sie auch gut, aber was sollte sie in einem weißen Bett, wenn all ihre Kleider voll Asche und Staub waren, da konnte sie doch besser neben dem Feuer schlafen. Und dass wir Erbsen und Linsen umgeschüttet hätten stimmt ja auch nicht. Sie standen im Weg, und wenn die dumme Gans nicht aufräumen konnte, fiel schon einmal etwas um und dann musste sie es auch wieder einsammeln. Geld zum Verschenken haben wir auch nicht!

So wie sie aussah, nannten wir alle sie bald Aschenputtel, auch ihr Vater fing bald damit an. Er war viel auf Reisen, und weil er Sorge hatte, uns zu vernachlässigen, gab es reiche Geschenke, wenn er wiederkehrte. So wünschte ich mir immer Kleider und du, liebe Schwester, glaub ich Perlen und Edelsteine, und er brachte immer, was wir wünschten. Aschenputtel aber, wenn er sie fragte, hatte gar merkwürdige Ideen. So bat sie ihren Vater einmal, von einem Baum oder Busch den Zweig zu bekommen, der als erster auf dem Rückweg an seinen Hut stoße. Den pflanzte sie auf das Grab der Mutter, und wir lachten sehr.

Aber sie ging oft dorthin, und eines Tages packte mich die Neugier, und ich fand einen Baum darauf, den sie pflegte, sie weinte dort und sprach ein Gebet mehrere Male am Tag und danach kam das Merkwürdige: ein weißer Vogel flog zu ihr, als sprächen sie miteinander und dann fiel etwas aus dem Baum, und sie nahm es und ging heim.

Dann kam das Fest, wo der König drei Tage feiern wollte und die schönste Frau, die auf dem Fest sei, die könne sein Sohn sich zur Braut auswählen. Das gab ein Hallo und Denken und Träumen. Wir standen wohl Stunden vor unseren Kleidern und Schuhen, vor unseren Ketten und Ringen. Es musste ja alles perfekt sein, damit der Prinz eine von uns zur Frau nehmen wolle. Aschenputtel kämmte uns die Haare, putzte die Schuhe und half uns in unsere Kleider und wie wir fröhlich losfahren wollten, hörte ich noch, wie sie Mutter fragte, ob sie auch zum Fest könne. Mutter lachte laut, wie man sich denken kann. „Ein Mädchen voll Schmutz und Asche, kein schönes Kleid und keine Tanzschuhe und träumt vom Tanz auf dem Schloss."

Später erzählte Mutter, sie sei des Bittens müde geworden, warf eine Schüssel Linsen in die Asche und versprach: „Wenn alles sortiert ist, dann magst du gehen."

Mutter war recht überrascht, als nur Augenblicke später die Küche voll Vögel war. Aber keiner von denen aß die Linsen, sie halfen ganz brav und schnell und waren schneller fertig als unsere Kutsche zum Fest gebraucht hätte.

Mutter wollte ihr wahrscheinlich ersparen, dass man sie auslacht wegen der schlechten Kleider und warf noch zwei Schüsseln Linsen in die Asche. Aber auch hier waren die Vögel so schnell mit der Arbeit fertig, dass Mutter keine Worte mehr hatte, sondern mit uns losfuhr.

Wie wir auf dem Feste ankamen, da war alles sehr prächtig und schön und bei den Mädchen, die außer uns auf dem Feste tanzten, da brauchten du und ich uns keine Sorgen um unsere Chancen machen, nicht wahr , liebe Schwester! Dann aber kam die fremde Schöne in dem goldenen Kleid mit den silbernen Schuhen herein. Sie hielt sich wie eine Prinzessin, und wir ärgerten uns, dass wir keine besseren Kleider und Schuhe hatten, denn der Prinz hatte nur Augen für sie. Er tanzte bis in den Abend hinein mit ihr, hatte wohl gleich vor, sie nach Haus begleiten, aber sie wollte dies nicht. So floh sie durch den Taubenschlag und keiner fand sie.

Da war das Fest für den ersten Abend aus, und wir gingen heim. Aschenputtel lag brav in der Asche, und wir redeten die halbe Nacht über die fremde Königstochter, und ob sie wohl wieder kommen würde.

Und richtig, kaum begann das Fest von neuem, war die Fremde wieder dort in einem noch viel stolzeren Kleid, und wieder hatte der Prinz nur Augen für sie. Hatten wir uns doch solche Mühe gegeben, neben dieser Pracht waren wir für ihn wie unsichtbar. Wieder verschwand die schöne Unbekannte, bevor der Prinz nach woher und wohin fragen konnte, und wir alle rannten ihm nach, als er versuchte ihr zu folgen. Sie aber kletterte in einen Baum voll Birnen, mitten im prächtigen Kleid und ward nicht mehr gesehen. Vater aber, der herzu gekommen war, murmelte: „Erst Tauben, dann Birnbaum, sollte das Aschenputtel gewesen sein?"

Dummheit, natürlich lag sie zu Haus schmutzig in der Asche und schlief.

Am letzten Abend war das Kleid der unbekannten Schönen atemberaubend und die Pantoffeln auch golden. Sie sprang wieder davon - schneller als jemand folgen konnte, aber der Prinz war nicht nur schön und reich und mächtig, sondern wohl auch klug. Auf der Treppe war Pech verstrichen, und der Schuh der Fliehenden blieb kleben. Winzig klein und ganz aus Gold. Wie wir da standen und schauten, hörten wir wie der Prinz zu seinem Vater sagte: „Wem der Schuh passt, die soll meine Braut sein."

So fuhren die Boten los mit dem Schuh, weißt du noch, Schwesterherz? Was waren wir doch dumm und einfältig, denn als Mutter uns mit dem Schuh zum Probieren in die Kammer nahm, war er viel zu klein. Mutter aber hatte mitgedacht, schnitt mir den Zeh ab und schob den Schuh darüber. Eine Königin muss nicht zu Fuß gehen, da war es zu ertragen. Als der Prinz den Fuß mit dem Schuh sah, nahm er mich auf seinem Pferd mit, und ich freute mich schon auf die prachtvolle Hochzeit. Aber wir ritten an dem unseligen Grab vorbei, wo der Haselbaum im Wind wehte und Vögel in den Zweigen saßen. Und wie wir so vorbei ritten, ich mich ein wenig an den Prinzen schmiegte, dass der

Schmerz nicht so zu fühlen sei, da riefen die Tauben: „Blut ist im Schuh, der Schuh ist zu klein, die rechte Braut sitzt noch daheim." So brachte er mich in Schande zurück, und ich war ohne den Zeh und ohne den Bräutigam.

Du hattest noch weniger Glück als ich, liebe Schwester! Deine Zehen passten, aber die Ferse, die war zu groß und auch hier war Mutter unbarmherzig und schnitt. Aber einen fehlenden Zeh kann man besser verbergen, dir aber wurden die Strümpfe rot vom Blut und mit dir ritt er gleich gar nicht los.

Der Königssohn aber fragte nach weiteren Töchtern, und nach langem Hin und Her hatte er das Aschenputtel vor sich, das schnell noch Gesicht und Hände gewaschen hatte. Den schweren Holzschuh ausgezogen und den goldenen über den Fuß, das ging schnell und passte perfekt.

So ritt er dann mit ihr statt mit uns davon, und die Tauben am Grab, sagt man, flogen auf ihre Schultern und begleiteten sie zum Schloss.

Als ihre Schwestern kamen wir mit der Kutsche nach und erfuhren dann, dass die Vögel aus dem Haselnussbaum ihr die schönen Kleider und Schuhe gebracht und auch wieder fortgeschafft hatten, genauso wie die Vögel ihr auch mit den Linsen geholfen hatten.

Zumindest zur Hochzeit wollten wir als ihre Schwestern sie gern zur Kirche geleiten, dass ihr Glückstag auch der unsere sein sollte.

Aber die heimtückischen Vögel, wie wir da auf unseren schiefen Füßen neben ihr hinkten, die pickten uns die Augen aus.

Schönheit wollten wir und Schönheit werden wir nie wieder sehen können.

Ach wären wir nur damals, als wir es noch konnten, ein wenig freundlicher zu unserer Schwester gewesen. Ach hätten wir nicht versucht, uns da hinzumogeln, wo der Prinz nach einer ganz Anderen suchte – wie viel Schmerz wäre uns da erspart geblieben.

Frau Holle

Im Märchen ist es, im Märchen allein, wo auch Tiere eine Stimme haben, um ein gutes Wort mitzureden.

Wenn ich auch nur ein kleiner Spatz bin, grad frech genug, die Krümel vom Teller zu holen und schnell genug, dass mich die Katze nicht bekommt, so sehe ich viel und erlebe viel und im Märchen, ja im Märchen, da mag ich es auch erzählen…

Unsereins lebt sein Leben so für sich, Frau und Kinder haben wir nur bei uns, so lange die Kleinen noch nicht fliegen können. Wenn sie dann alles gelernt haben, was ein rechter Spatz kann, dann fliegen wir unserer Wege und eins mag den anderen noch grüßen, aber mehr haben wir aneinander auch nicht. Die Menschen aber, die halten sich für treu und glauben, sie sorgen gut füreinander, lang schon, wenn die Kinder längst aus dem Nest fliegen könnten.

Aber ich sehe viel, wo mir die Art der Spatzen besser gefällt…. So wohnte hier in einem kleinen Haus eine Frau mit zwei Töchtern, der Mann war gestorben und die Mädchen waren unterschiedlich wie nur eins. Die eine mochte die Arbeit nicht und schimpfte viel herum, was ihr Gesicht hässlich und unangenehm machte. Die hatte die Mutter aber von Herzen lieb, während die andere Tochter, die wohl nur das Kind des verstorbenen Mannes gewesen war, alle Arbeit tat, dabei aber fröhlich war und lieb und gut zu jedermann. Das machte ihr Gesicht schön, und jeder mochte sie gern ansehen. Im Haus tat sie viel und hier draußen, wo wir Tiere hausen, saß sie am Brunnen und spann und spann. Die Mutter war garstig zu ihr, und sie war ihr nie fleißig genug. Aber sie hatte trotzdem oft noch ein paar Brotkrumen für unsereins, und so leisteten wir ihr Gesellschaft und erfreuten sie mit unserem Geschwatze und unseren Flugkünsten.

Wie sie aber so spann und spann, da stach das Garn in ihre Finger und sie wurden ganz blutig. Wo sie grad am Brunnen saß, wollte sie die Spule abwaschen, aber blutige Hände greifen nicht so fest und schon lag die Spule im Brunnen. Der war recht tief und keiner von uns war schon einmal zum Boden hinabgeflogen, um zu sehen, wie es dort ist. Das Mädchen weinte, und das hörte die Stiefmutter, kam herbei und fragte ganz streng, was denn nun schon wieder geschehen sei. Sollte man doch meinen, so eine Spule ist der Rede und des Geldes nicht wert, aber die Stiefmutter keifte und verlangte sie zurück. Dann rauschte sie davon und ließ das weinende Kind allein.

Wenn ich gewusst hätte, was geschieht, wäre ich schön am Boden geblieben, aber ich dachte vielleicht ist ein kleiner Spatz etwas, das ihre Tränen vertreibt und flog auf sie zu, um meine besonderen Flugkünste zu zeigen. Das Mädchen aber muss sich in dem Moment ein Herz gefasst haben und sprang in den Brunnen, der Spule hinterher, und weil ich so leicht und im Wege war, flog ich mit hinab. Alles drehte sich, und bevor ich das Wasser erreichte, muss ich wohl das Bewusstsein verloren haben. Eine Schande für einen aufrechten Spatz, aber was will man tun? Ich wurde wach ein Stück von dem Kinde entfernt auf einer schönen Blumenwiese, und weil ich grad nichts Besseres vorhatte, folgte ich dem Mädchen in einiger Entfernung.

Eine gute und sättigende Entscheidung, wie ich noch merken durfte! Wir hielten an einem Backofen, wo das Brot um Hilfe schrie, dass es fertig gebacken sei und die Wärme verlassen müsse. Das Mädchen nahm sich gleich den Schieber und zog die Brote eins ums andere hinaus, legte sie aufs Gitter neben dem Ofen, dass sie kühlen mochten und schaffte es dabei ein paar leckere Krümel für mich zu verlieren.

Ein kleines Stück weiter war es ein Apfelbaum, der sich unter der Last bog, sie schüttelte die

Äpfel herab und legte sie ordentlich zusammen. Schöne reife Äpfel, aber ein, zwei waren doch aufgeplatzt, als ob sie auf mich und meinesgleichen gewartet hätten.

Kurz dahinter kam ein Haus, aus dem eine alte Frau herausschaute. Für mich sah sie gleich wie andere Menschen aus, aber das Kind hatte wohl ein wenig Angst vor ihr und war kurz davor wegzulaufen. Die Frau aber sprach sie an, ob sie nicht im Hause arbeiten wolle. Bei guter Arbeit würde es sich lohnen, und vor allem jeden Tag seien die Betten gut aufzuschütteln, denn nur wenn die Federn flogen, würde es auf der Erde schneien. Das Kind tat die Arbeit gut, und es war ein besseres Leben als zu Hause. Kein böses Wort, reichlich Essen, das sie gern mit mir teilte, und sie sah recht glücklich und zufrieden aus. Frau Holle, so hieß die Frau, hatte wohl ein gutes Auge, denn eines Tages fragte sie das Mädchen, ob etwas sie bedrücke. „Ach", sagte sie, „es ist schon alles schön und gut hier, aber ich habe dennoch Heimweh, auch wenn es da nicht so gut ist wie hier. Ich muss doch zurück."

Frau Holle gefiel es, dass das Mädchen treu war, auch wenn es schlecht behandelt wurde, nahm es bei der Hand und begleitete es, und ich flog nebenher um zu sehen, was weiter geschah. Frau Holle brachte das Kind zu einem großen

Tor, öffnete dies und winkte es hindurch. Wie es aber im Tor stand, floss und regnete Gold auf es hinab, und ich kleiner Spatz hatte Angst und blieb zurück. Die goldene Kleine lief weiter und das Tor verschloss sich.

Nun dachte ich, auch wenn ich den Weg zurück nicht kenne, hier ist es auch für Spatzen nicht schlecht, und so flog ich zu der Wiese mit dem Backofen zurück. Falls ich selbst kein Essen fände, so könnte dort der eine oder andere Krumen warten, überlegte ich.

Nur ein paar Tage später landete auf einmal wieder ein Kind auf der Wiese, eines, das ich kannte, aber nicht so gerne mochte wie das erste. Es war die faule, hässliche Tochter, die wohl ihrer Schwester nachgereist war. Sie hielt sich den blutigen Finger und stöhnte und schimpfte, wie es ihre Art war. Forschen Schrittes ging sie am Backofen vorbei, widmete dem Brot keinen Blick, zischte nur zwischen ihren Zähnen hindurch: „….als hätte ich Lust mich schmutzig zu machen."

Auch der Apfelbaum fand in ihr keinen Helfer, sie könne doch einen Apfel auf den Kopf bekommen und habe so gar keine Lust darauf. Es drängte sie wohl, zu Frau Holle zu kommen und sich das Gold zu verdienen. Am ersten Tage dort arbeitete sie, wie wohl noch nie vorher in ihrem Leben, sie hörte auf alles, was Frau Holle sagte und war fleißig und gehorsam. Das hielt aber nicht an, am nächsten Tag, als ich vorüberflog, saß sie schon eine Weile träumend im Garten, und am dritten Tage waren die Fensterläden noch lange zu. Auch fliegende Federn von den Betten sah ich keine mehr, und nur wenige Tage später hörte ich Frau Holle ihr den Dienst kündigen. Da guckte sie wieder fröhlich, als ob sie das Gold schon sehen könnte.

Richtig brachte Frau Holle sie auch zu dem Tor, öffnete es, und ich huschte schnell hindurch, bevor mir etwas die Federn verkleben konnte. Das Mädchen aber stellte sich mitten unter den Torbogen, als ob es gleich viel Gold sammeln wolle, und als stattdessen schwarzes Pech über ihre Kleider lief als „Lohn" für die Arbeit, da flog ich fröhlich von dannen. Hab noch so manches Mal an dem Haus vorbeigeschaut, aber wie sehr die Mutter und die faule Tochter auch schrubbten, das Pech bleibt an ihr kleben, und schön sieht sie damit wirklich nicht aus.

Dass manche Menschen sich um so viel schwerer tun als Spatzen zu hören, wenn eine kleine Hilfe gebraucht wird, das habe ich nun wirklich nicht verstanden.

Rapunzel

In der Wüste ist mein Zuhause, wo nichts wächst und nichts grünt. Wo die Menschen sich helfen müssen, damit keiner vor Durst oder Hunger stirbt und wo jeder jeden kennt, weil wir nie viele sind.

Wir sind arm, aber es reicht, und eine gute Geschichte ist uns manches Mal wertvoller als ein Stück Brot. Vor ein paar Jahren kam sie, die junge Frau, müde und hungrig, die Augen eingefallen und der Bauch dick. Sie hatte es kaum zu uns geschafft, und als die Kinder zur Welt kamen, halfen wir so gut wir konnten. Nachdem sie wieder zu Kräften kam, sahen wir, dass sie wunderschön war, nur ihr Haar, ihr goldenes Haar, das war kurz und uneben geschnitten und machte ihr Gesicht hart. Während sie bei uns war, ihre Kinder stillte und das Haar wieder wachsen ließ, erzählte sie eine Geschichte und bezahlte mit dieser Geschichte viele Tage lang ihr Wasser und Brot:

Ihre Eltern, so sagte sie, hätten keine Kinder gehabt und waren schon lange verheiratet. So hatte ihr Vater, als seine Frau endlich ein Kind unterm Herzen trug, nicht Kraft noch Wunsch ihr ein Verlangen zu versagen. Neben den Eltern aber war ein wundervoller Garten voll Kräutern und grünen Dingen, und wie man sagt - Schwangere gelüstet es immer nach dem, was schwer zu bekommen ist. Salat gab es auf dem Markt, aber keiner war so schön, wie der Rapunzel im Garten hinter dem Zaun. Die Frau, welcher der Garten gehörte, war mächtig und böse, eine Zauberin, und alle hatten Angst. „Aber mein Vater", so sagte die junge Frau, „stieg über den Zaun und stahl Rapunzel, und meine Mutter aß ihn mit Wonne."

Hätte sie nur den einfachen Rapunzel, den Feldsalat genommen, wie er am Markt zu finden ist, dann hätte sich Vater nicht wieder und wieder über den Zaun gequält, bis eines Nachts die Zauberin ihn stellte.

Des Todes sollte er sterben für den feigen Diebstahl, aber als sie von der Schwangerschaft hörte, lächelte sie nur tiefgründig und bot einen Handel: „Das Leben für das Kind!"

„So wurde ich, kaum dass ich geboren war, Mündel der Zauberin", fuhr die junge Frau fort. „Sie hieß mich Rapunzel, und als ich kaum 12 Jahre alt war und schön von Gestalt, da baute sie einen Turm ohne Tür und nur mit einem Fenster darin."

Das Fenster war hoch im Turm und keine Leiter war lang genug, aber wenn die Zauberin zu Rapunzel kommen wollte, hieß sie das Mädchen ihre langen Zöpfe aus dem Fenster hängen und stieg daran hinauf wie bei einer Leiter.

Da unterbrach ich Rapunzel und meinte: „Kein Haar hält einen Menschen und kein Kopf daran." Aber Rapunzel lächelte nur und erzählte von Haken neben dem Fenster, die das Ganze hielten.

An einem schönen Tag aber als Rapunzel am Fenster sang, hörte ein junger Mann ihre Stimme und ließ sich von ihr verzaubern. Er streifte um den Turm, fand keinen Eingang und ward ein paar Tage nicht gesehen. Dann sah Rapunzel ihn manches Mal hinter einem Baume stehen, und so muss er auch einmal den Besuch der Zauberin beobachtet haben.

Am folgenden Tag in der Dämmerung rief er, sie solle das Haar herunter lassen, stieg hinauf und fand sie in all ihrer Schönheit. Und sie redeten bald recht vertraut, und Rapunzel schenkte ihm ihr Herz und wohl auch mehr. Aber sie war jung und dumm, hatte nichts gesehen und gehört von der Welt.

Der junge Mann war wohl ein Königssohn, und er brachte ihr Seide mit, aus der sie eine Leiter flocht. Wenn diese fertig war, wollte sie mit ihm fliehen. Doch die Zauberin merkte nur zu bald, dass Rapunzel neue Gedanken im Kopfe hatte. Und als Rapunzel gedankenlos die Frau schwerer als den geliebten Mann nannte, da war das Geheimnis heraus. Wie eine Furie schrie und sprang die Alte und schnitt ihr die Haare kurz am Kopfe ab. Mit der seidenen Leiter, die Rapunzel geflochten hatte um hinab zu gelangen, brachte die Hexe sie hinunter und dann in die Wüste, nahe genug, dass sie uns finden könne und weit genug, dass sie leiden musste, bis sie angekommen war.

Soweit die Geschichte die Rapunzel erzählte, und sie sorgte sich sehr um den geliebten Mann. Ihre Kinder aber gediehen und wuchsen, und ihr Haar wurde wieder lang und schön. Nach einiger Zeit erreichte uns ein blinder Bettler, abgerissen und arm, aber jung von Gestalt.

Wir baten ihn ans Feuer, und auch Rapunzel kam herzu und erzählte und sang - wie er sie aber hörte, sprang er auf, fiel ihr um den Hals, herzte und küsste sie, und ihre Augen liefen über vor Tränen der Freude.

Die böse Alte hatte ihn in den Turm gelockt, an Rapunzels abgeschnittenem Haar heraufgezogen, und als er fliehen wollte und aus dem Turme sprang, hatten ihm Dornen seine Augen ausgekratzt. So sei er durch die Welt geirrt, um die Verlorene wieder zu finden.

Als aber Rapunzels Tränen seine Augen trafen, war es einem Wunder gleich, und er konnte sie und seine beiden Kinder genau sehen. Solch ein Glück wie in den Augen der Vier habe ich nie in meinem Leben gesehen und werde es wohl auch kaum tun. Sie aber packten ihre Sachen und zogen in sein Reich und werden wohl glücklich dort leben, wie man so sagt.

MEINE GROSSE SCHWESTER

Kennt Ihr das auch, wie das mit einer großen Schwester oder einem großen Bruder ist? Meistens ziemlich anstrengend. Die wissen alles und können alles. Manchmal aber auch ganz toll und spannend.

Hat Euch Eure große Schwester auch schon mal etwas ganz Spannendes oder etwas Unheimliches oder etwas Merkwürdiges erzählt, was passiert ist, als sie noch klein war? Nein? Nun, meine schon – immer mal wieder ein wenig, und immer wieder hat sie gesagt, für das Weitere sei ich noch zu jung, und der Teil der Geschichte kam dann irgendwann später. Heute aber glaub ich, habe ich alles gehört, was zu dieser Geschichte gehört und weiß, wie mutig meine Schwester und mein Bruder waren und wie viel Glück sie hatten.

Ich wusste immer, dass sie furchtbar arm gewesen waren dort in der Hütte im Wald. Vater unterwegs Holz hacken und verkaufen und Mutter den ganzen Tag bei der Arbeit im Haus und bei der Suche nach Essbarem im Wald, damit abends genug zu essen auf dem Tisch stand. Mein Bruder und meine Schwester tobten durch den Wald und halfen auch mal aus, sagten sie, aber es war schon die meiste Zeit so, dass die

Erwachsenen das ihre taten und die Kinder etwas andres.

Dann aber wurde es noch viel, viel knapper, so knapp, dass sie alle oft hungrig zu Bett mussten. Wisst Ihr wie das ist? Hungrig ins Bett? Das ist nicht so, als würdet Ihr vom Spiel wiederkommen und der Magen knurrt so laut, dass man nicht mehr bis zum Abendbrot warten mag. Das ist, wenn man das Tage um Tage hintereinander hat bis der Magen nicht mehr knurrt, weil er keine Kraft mehr hat. Das ist, wenn es zum Essen Suppe gibt, und wenn der Magen dann glaubt, er habe etwas zu sich genommen, auch wenn es nicht viel mehr als heißes Wasser war. Alle vier waren den ganzen Tag unterwegs und haben geschaut, ob es im Wald noch etwas Essbares gab. Was es auch war, Mutter tat es in die Suppe oder buk es ins Brot, wenn sie noch eine Handvoll Mehl hatte. Hunger ist, wenn alle mitkommen, wenn einer in die Speisekammer geht, denn da könnte ja durch ein Wunder auf einmal ein ganzes Brot liegen, statt der Handvoll Mohrrüben und Kartoffeln, die nach und nach in die Suppe wandern.

Ein Holzfäller aber braucht Kraft, sonst kann er nicht arbeiten, und wenn er nicht arbeiten kann, dann kommt nie wieder Brot ins Haus. Alle schliefen schlecht und alle hatten Sorgen und üble Gedanken.

Meine Schwester und mein Bruder aber hörten die Eltern wispern, und Mutter flüsterte und wisperte und sprach von Hunger und von Tod und dass sie alle, alle sterben müssten. Es gäbe keinen Weg, die Kinder zu retten, aber sich selbst, sich selbst könnten sie vielleicht retten. Vater wollte nichts davon hören, aber Mutter redete und redete und am Ende versprach er, seine beiden Kinder in den Wald zu führen und dort allein zu lassen, wo sie nicht wieder zurück finden könnten. Vater dachte an die wilden Tiere, aber Mutter erzählte auch wie gut sie gelernt hatten essbare Beeren und Kräuter zu finden und vielleicht, vielleicht...

So ging das lange hin und her und am Ende stimmte Vater zu.

Meine große Schwester aber weinte sehr, denn sie dachte, jetzt könne es nur ans Sterben gehen. Mein Bruder aber sprach ihr Trost zu und ging hinaus, sammelte schöne helle Steine in seine Taschen und legte sich dann wieder schlafen, nachdem er sie getröstet hatte.

Der nächste Morgen begann wie jeder Morgen damals, Mutter weckte beide und scheuchte sie hinaus. Im Wald sollen Holzreste gesammelt werden, „Vater bringt euch hin!" - und sie gab jedem ein Stück Brot in die Hand. Nun das allein war in den Tagen schon ein halbes Wunder, aber sie steckten es brav in die Tasche, um es zum Mittag zu essen, damit die Kraft in den Beinen auch noch für den Weg zurück reichte.

Alle vier gingen gemeinsam los, und mein Bruder lief wie ein Träumer immer ein paar Schritte hinter den anderen her. Er bewunderte ein Kätzchen auf dem Dach und das Sonnenlicht im Teich, und Mutter sprach manches grobe Wort ihn zu scheuchen. Er aber hat wohl dann immer einen Stein auf den Weg geworfen.

Tief im Wald suchten die Kinder ein wenig totes Holz und Reisig, denn es war kühl. Und mittags machten die Eltern ein Feuer luden die Kinder ein daran zu sitzen und ein wenig zu ruhen, sie gingen ein wenig tiefer in den Wald. Es war warm am Feuer und das Stückchen Brot wärmte den Magen und von ferne hörten sie den Schlag der Axt des Vaters. So fühlten sie sich sicher, und so schliefen sie ein wenig ein. Als sie wach wurden, war es dunkle Nacht, und sie hatten Angst. Die Axt schlug noch, aber sie sahen - es war keine, nur ein Ast, der im Wind so am Baum festgebunden war, dass sie an die Axt glauben sollten.

Aber mein Bruder nahm meine Schwester bei der Hand und im Mondlicht folgten sie den

Kieseln wie einem Wegweiser. Sie kamen auch richtig an zu Hause an und Mutter schimpfte, sie hätten zu lange geschlafen, aber Vater sah wohl glücklich aus. Eine kleine Weile schien es dann doch noch gut zu gehen, doch eines Nachts hörten sie die Eltern wieder rumoren. Vater wollte gemeinsam bis zum Ende bleiben, aber Mutter wurde nicht still und redete so lange, bis er zustimmte. Aber als mein Bruder aus dem Haus wollte, um wieder Steine zu sammeln wie beim letzten Mal, da war die Tür verschlossen. Aber er tat wie ein Held, schluckte seine Tränen hinunter und tröstete meine Schwester: „Auch dieses Mal wird Gott uns den Weg zurück zeigen."

Wieder hatte jedes Kind ein Stückchen Brot bekommen, klein und hart zwar, aber doch eine Wegzehrung und wieder trödelte unser Bruder auf dem Weg. Diesmal waren es keine Kieselsteine, dieses Mal waren es Brotbröckchen, die er warf.

Dann war alles wie beim letzten Mal, nur als sie im Dunkeln wach wurden, leuchteten keine hellen Steine im Mondlicht - sie konnten kein Brot finden, denn all die Vögel im Wald hatten doch auch Hunger gehabt.

Aber wieder tat unser Bruder, als sei er groß und mutig und ging mit unserer Schwester den rechten Weg suchen. Und sie hatten nichts zu essen als eine Handvoll Beeren und fanden doch keinen Weg.

Am dritten Morgen aber hörten sie einen kleinen Vogel singen, und da die eine Richtung so gut und so schlecht war wie die andere, gingen sie dem Gesang nach auch als der Vogel langsam weiterflog.

Er aber landete auf einem Haus, das sah ganz anders aus als alle Häuser, die auch nur eins von uns sein Lebtag gesehen hat.

Die Wände waren aus Brot, das Dach aus Kuchen und die Fenster aus reinem Zucker gemacht. „Wenn du recht Hunger hast", sagte meine Schwester, „hast du erst einmal keine Angst mehr," und so brachen sie Stücke heraus und aßen und fragten nicht, wer das Haus gebaut haben möge und warum. Sie erschraken auch nur ein wenig, als eine Stimme aus dem Haus fragte: „Wer knuspert an meinem Häuschen", sprachen vom Wind und bissen weiter herzhaft zu. Nur einmal wieder so richtig satt sein...

Da sprang die Tür auf, und eine alte und krumme Frau kam hervor, tief gebeugt über ihrer Krücke. Aber sie sagte nichts Böses und war so zuckersüß, wie man sich nur wünschen kann und lud beide zu Tisch, wo es noch

Pfannkuchen und Milch gab und ein weiches Bett, als beide müde waren.

Eigentlich war es wie im Himmel, sagte meine große Schwester, aber als sie wach wurde, war es das ganze Gegenteil. Die böse Alte war eine Hexe, die Kinder aß, und das Haus sollte ihr nur die Beute zutreiben.

Den Bruder sperrte sie in einen Stall wie ein Schwein zur Mast, meine Schwester aber musste die Arbeit tun, putzen und kochen und sorgen, dass der Bruder recht gut zunahm. Sie hatte große Angst, aber weglaufen konnte sie ja nicht, wusste nicht wohin und wollte und konnte unseren Bruder auch nicht alleine lassen.

Der Bruder bekam gutes Essen, meine Schwester aber nur, was beim Kochen so abfiel, aber die böse Alte, die schlecht sah, konnte kaum glauben, wie wenig mein Bruder trotzdem zunahm. Jeden Tag sollte er ihr einen Finger heraus stecken, damit sie fühlen konnte, wie er zugenommen hatte. Weil es aber nicht sehr aufgeräumt und sauber war dort, hatten sie einen Knochen gefunden, den die Alte für seinen Finger hielt und täglich prüfend drückte, wenn mein Bruder ihn durch die Gitterstäbe steckte.

Vier Wochen ging das so, dann war ihre Geduld am Ende und meine große Schwester sollte ihn kochen, ob mager oder fett - egal.

Sie weinte sehr, als sie das Wasser zum Kessel trug, und als sie am Backofen helfen sollte, um das Brot vorzubereiten. Als aber die alte Hexe sie hieß in den heißen Ofen zu klettern, um zu fühlen, ob er auch recht angefeuert sei, da stellte meine Schwester sich dumm und spielte so lange an der Türe herum und wusste nicht wie sie aufbekommen und hereinkriechen, dass die Frau die Geduld verlor.

„Ich hatte Angst", sagte meine große Schwester mir später, „Angst, sie könne die Tür schließen und mich braten wollen und stellte mich deshalb dumm, um Zeit zu gewinnen." Aber ihre Gefängniswärterin machte die Tür selbst auf und zeigte meiner Schwester, wie sie hinein kommen sollte. Da nahm meine Schwester allen Mut und alle Kraft zusammen und drückte und trat nach, bis die Hexe im Ofen lag und sie nur noch die Türe wieder schließen musste. Sie heulte gar jammervoll, aber meine Schwester hatte nicht mehr Mitleid mit ihr, als sie gehabt hätte.

Zum Bruder, auf die Tür und die frohe Nachricht verkünden war eins, und die beiden waren dann auch schlau genug im Haus zu suchen, was mitzunehmen lohnte.

Sie fanden Schmuck und Perlen und steckten alles ein, was sie tragen konnten. Der Weg zurück war nicht leicht, aber sie fanden ihn und legten Vater den ganzen Reichtum in den Schoß. Er aber war unglücklich gewesen jede Stunde, wo die beiden fort gewesen waren. Seine Frau aber, meine Mutter, war bei meiner Geburt gestorben, so wie früher schon die Mutter meiner Geschwister gestorben war, bevor mein Vater noch einmal geheiratet hatte.

Das Geld aber reichte, das sie für den Schmuck bekamen, dass nie wieder Hunger ins Haus zog und im nächsten Jahr bauten sie noch einen neuen Raum an das Haus, und wir hatten Platz und genug zu essen für uns alle.

So wollte ich euch erzählen, wie es kam, dass ich eine große Schwester habe und einen großen Bruder, die so etwas Gefährliches erlebt und unsere Familie damit gerettet haben.

Tischchen deck dich, Goldesel, und Knüppel aus dem Sack

Drei Brüder waren wir, und unser Vater war Schneider. Er arbeitete den ganzen Tag, nähte und schnitt zu und machte schöne Kleidung, so dass wir, wenn wir alt genug waren, auch Schneider werden wollten. Vorerst aber war es unser Amt, die Ziege zu hüten, ein mürrisches, unfreundliches Tier, das nie so recht zufrieden schien und doch gebraucht wurde für die gute Milch.

Des Morgens brachte mein ältester Bruder die Ziege hinaus, und weil ich nichts Besseres zu tun hatte, kam ich das ein und andre Mal vorbei und schaute wie das Tier die schönsten Kräuter und das grüne Gras fraß. Im Stalle aber tat sie so manches Mal, als sei sie nicht recht satt geworden, und so strengte mein Bruder sich recht an, die besten Plätze zu finden.

So auch an jenem Tage, als ich ihn für lange Zeit das letzte Mal sah. Vater hatte schon das ein ums andere Mal gemahnt, dass wir ohne eine satte Ziege nicht genug zu beißen hätten und er sich dann nicht leisten könne, uns selbst in die Lehre zu nehmen.

Die Ziege fraß auf dem Kirchhof, wo es viel Futter gibt und wo wenig andere ihre Tiere hinschaffen. Des Abends aber, als ich ihn abholte, fragte mein Bruder die Ziege: „Sag an Ziege, bist du satt?" Und wie es eine rechte Ziege zu jener Zeit tat, antwortete sie sogleich: „Ich bin so satt, ich mag mein Blatt, meck, meck!"

Dann konnten wir ja beruhigt nach Hause gehen, und mein Bruder band sie gut im Stalle an. Auf die Frage meines Vaters, ob sie denn satt sei, konnte er mit stolzgeschwellter Brust sagen: „Die Ziege, die ist so satt, die mag kein Blatt."

Vater aber wollte selbst schauen, ging in den Stall und fragte die Ziege, wie sie das Ganze sehe: „Bist du auch satt, Ziege?" Die Ziege aber antwortete:

„Wovon sollt ich satt sein?
ich sprang nur über Gräbelein,
und fand kein einzig Blättelein: meck! meck!

Da packte den Vater der Zorn, und er scheuchte meinen Bruder mit Geschrei und Getöse aus dem Haus. „Faul sein und Lügen, das passt nicht, da magst du in der Fremde dein Glück finden!" so rief er ihm hinterher.

Am nächsten Tage aber sollte mein zweiter Bruder die Ziege versorgen. Er führte sie an eine Hecke, wo auch der Kräuter viele standen und sah ihr zu, wie sie den Bauch vollschlug. Des Abends aber, als ich ihn abholte, fragte auch dieser Bruder die Ziege: „Sag an Ziege, bist du satt?" Und wie es eine rechte Ziege zu jener Zeit tat, antwortete sie sogleich: „Ich bin so satt, ich mag mein Blatt, meck, meck!"

Dann konnten wir ja beruhigt nach Hause gehen, und auch er band sie gut im Stalle an. Auf die Frage meines Vaters, ob sie denn satt sei, konnte er mit stolzgeschwellter Brust sagen: „Die Ziege, die ist so satt, die mag kein Blatt."

Vater aber wollte selbst schauen, ging in den Stall und fragte die Ziege, wie sie das Ganze sehe: „Bist du auch satt, Ziege?" Die Ziege aber antwortete

„Wovon sollt ich satt sein?
ich sprang nur über Gräbelein,
und fand kein einzig Blättelein: meck! meck!

Wieder packte Vater der Zorn, und wieder scheuchte er, wie er sagte, einen gottlosen Faulpelz auf die Straße.

Am nächsten Tage war es dann mein Amt, mich um die Ziege zu kümmern. Und in meiner Einfalt glaubte ich die Kräuter seien der Fehler gewesen. So nahm ich die Ziege zu einem Buschwerk mit schönem Laub und ließ sie dort speisen. Aber es war dumm zu glauben, so einfach wäre die Ziege glücklich zu machen. Des Abends fragte ich also, dumm wie meine Brüder, die Ziege: „Sag an Ziege, bist du satt?" Und wie es eine rechte Ziege zu jener Zeit tat, antwortete sie sogleich: „Ich bin so satt, ich mag kein Blatt, meck, meck!"

Dann konnten wir ja beruhigt nach Hause gehen, und auch ich band sie gut im Stalle an. Auf die Frage meines Vaters, ob sie denn satt sei, sagte ich wiederum: „Die Ziege, die ist so satt, die mag kein Blatt."

Vater aber wollte selbst schauen, ging in den Stall und fragte die Ziege, wie sie das Ganze sehe: „Bist du auch satt, Ziege?" Die Ziege aber antwortete wieder

„Wovon sollt ich satt sein?

ich sprang nur über Gräbelein,

und fand kein einzig Blättelein: meck! meck!"

„Du Lügner", schrie mein Vater da, nahm die Elle, mit der er immer den Stoff zu messen pflegte und schlug sie mir auf dem Rücken fast entzwei. Da hatte ich auch keine Lust mehr zu Hause den Prügelknaben zu geben und machte mich nur schnell fort, woanders mein Glück zu suchen und zu finden. Richtig fand ich auch eine Lehre bei einem Drechsler und lernte alles, was ein Drechsler zu wissen hat. Aber wie es mir dann weiter ging, das ist eine andere Geschichte.

So mancherlei habe ich hernach von Nachbarn gehört, manches mir auch selbst zusammengereimt. So sagte man mir, den folgenden Tag habe mein Vater versucht die Ziege ob der kärglichen Mahlzeit zu entschädigen, brachte sie wohl selbst zu Weide und Hecken und erhielt des Abends die gleiche Antwort, die auch meine Brüder und ich bekommen hatten.

Vater wurde recht zornig, scherte den Kopf der Ziege kahl, dass ein jeder sehen sollte, dass dieses Geschöpf nichts Gutes im Schilde führte. Uns hatte er mit der Elle vertrieben, die Ziege bekam die Peitsche zu spüren.

Man sagt, er habe dann wohl auch getrauert, dass er uns so in die Fremde verscheucht hatte und gehofft, dass wir alle dermal einst den Weg nach Hause zurückfänden.

Es heißt, mein ältester Bruder wäre Schreiner geworden, fleißig gelernt habe er, und als es auf Wanderschaft gehen sollte, habe sein Meister ihm einen besonderen Tisch geschenkt.

Mein mittlerer Bruder aber war Müller geworden und nach seiner Lehre war es ein Esel, der ihn den Weg nach Haus begleitete.

Ich war als letzter fertig und mein Gesellengeschenk war auf den ersten Blick das am Wenigsten ansehnlichste, mir aber dennoch teuer und wertvoll.

So zogen wir alle einer nach dem anderen wieder Richtung Heimat und wie es dort weiterging, hab ich im Wirtshaus vor der Stadt erfahren. Der Wirt dort hatte gutes Essen und guten Wein, war mit alledem auch reich geworden und führte ein großes Haus. So kam ich dorthin, hörte von dem Woher und Wohin bis mir einer dort eine besondere Geschichte erzählte. Im Wirtshaus stand ein Tisch, gemacht aus einfachem Holz und nicht besonders schön, der ward recht wohl in Ehren gehalten, und als ich kam, stand darauf das beste Essen und der beste Wein. Wie ich fragte, warum kein besserer Tisch genommen würde, sagte man mir: „Dies ist ein TischleinDeckDich – ein Schreinergeselle hat den als Lohn mitgebracht. Wer ein Tuch darüber wirft und Tischlein Deck Dich sagt, der bekommt das Beste, was Küche und Keller zu bieten haben und alles füllt sich selbst erneut, was leer gegessen wurde. Da gibt es Braten aller Art und was auch immer dir Leckeres einfällt, roten Wein genug und alles von der besten Sorte." Jener Schreiner habe den Tisch mitgebracht, alle bewirtet, und als der Wirt die Angst bekam, dass seine Küche niemandem mehr munden könne, habe er des Nachts den Wundertisch gegen einen normalen eingetauscht. Der Schreiner sei auch fort, und es habe in seinem Elternhaus viel Gelächter gegeben, als er mit einem fast kaputten Tische als Gesellenlohn dort eintraf. Nun dachte ich, das mag mein ältester Bruder gewesen sein, den der Wirt da so ausgenommen hatte. Wird sich wohl gedacht haben, so ein Tisch, der öffnet ihm Tür und Tor, und nun wird er wieder einen Meister haben und dort die ganz normale Arbeit tun.

Reich wird man aber doch nicht so schnell, wie der Tisch erst Wochen hier ist, verwunderte ich mich. So gut war es dem Wirte nicht gegangen, dass er vordem schon Gold hätte sammeln können und reich waren weder die Reisenden, noch die Gäste aus der Nähe, die seine Schankstube aufsuchten.

„Nun, reich hat ihn der Tisch noch nicht gemacht", sagte man mir, „aber es heißt, er habe einen Esel im Stall, dort hinten ganz für sich stehen. Da geht er des Abends hin mit leeren Taschen und kommt mit reichlich Gold zurück. Einer der Burschen ist mal schauen gegangen und hat erzählt, der Esel würde, wenn das rechte Wort gesprochen, vorne und hinten Gold von sich geben. Als wir das hörten, fiel uns der Müllergeselle ein, der seinen Esel selbst im Stalle anband und dann für wenig Verzehr mit Gold zahlte. Der Wirt aber riecht Geld, wenn es in einer Tasche steckt und wollte mehr, als der

Bursche zahlen konnte. Jener vertröstete ihn und ging mit dem guten Tischtuch hinaus, kam dann gleich mit dem Geld zurück und ließ sich die beste Kammer zur Nacht zeigen. Der Wirt aber war ihm wohl gefolgt, denn am folgenden Morgen hatte der kleine Stall auf einmal ein Schloss daran und der Wirt gab den Schlüssel nicht aus der Hand. Ich denke wohl, er hat den Müllergesellen beobachtet, dann den Esel getauscht und den dann besser gesichert als den Esel des Gastes." Das hörte sich fein nach dem mittleren Bruder an, und ich schmunzelte, als ich daran dachte, wie sein Willkommen wohl zu Hause geworden sei.

Er wird wohl die Verwandtschaft enttäuscht haben, die Gold erhofften und jetzt werden alle drei ihrem Tagwerk nachgehen müssen und haben nichts von den Wunderdingen, die sie in der Ferne bekommen hatten.

Wie ich mit meiner Lehre fertig geworden war, hatte mein Meister mir auch etwas Besonderes mitgegeben. Auch wenn ich zunächst den Sack mit dem schweren Knüppel darin nicht so recht zu würdigen wusste, drückte er meine Schulter doch arg, so hatte mein Meister mir doch Wunderdinge berichtet. Wenn mir jemand Übles wolle und ich nur „Knüppel aus dem Sack" sage, dann würde der Knüppel dem Bösen das Fell gerben, bis er um Hilfe rufe.

So setzte ich mich zur Speise und erzählte von all den merkwürdigen Dingen, die mir auf meiner Wanderschaft begegnet seien. Wie der Wirt in meine Nähe kam, sagte ich gerade: „Man findet ja wohl, wenn man weit reist ein Tischlein deck dich oder einen Goldesel, aber so etwas Besonderes, wie ich hier in diesem Sacke habe, das gibt es kein zweites Mal." Mag ich auch wenig Kenntnis von Menschen haben, dem Wirte sah ich wohl an, wie sein Kopf und seine Phantasie ihm Wunderdinge ausmalten.

Als es dann Zeit zum Schlafen wurde, legte ich mich gleich auf eine Bank, den Sack als Kissen unter meinen Kopf und tat als schliefe ich sofort ein.

Der Wirt aber hatte nur darauf gewartet, zog an dem Sacke wohl um ihn auszutauschen. He, da war ich schnell auf den Beinen und rief ein beherztes „Knüppel aus dem Sack." Der tanzte wie ein guter Tanzmeister hinauf und hinunter auf dem Rücken des Wirtes bis dieser schrie und zu Boden fiel. Ein wenig Luft holen ließ ich ihn schon, doch versprach ihm eine neue Runde, so er nicht den Tisch und den Esel herausgeben wolle.

Ganz klein ward er da und kaum hatte ich Knüppel in den Sack gerufen, schon hatte ich die Gesellengeschenke meiner Brüder in Händen.

So kam ich denn nicht mit leeren Händen beim Vater an, und als der nach dem Woher und Wohin fragte, erzählte ich von meiner Lehre und meinem Handwerk. Vater aber war auf die Wunderdinge aus der Ferne erpicht und wollte von meinem Gesellenstück wissen. „Einen Knüppel im Sack," sprach ich frei und erntete erst Gelächter und ungläubiges Staunen. „Knüppel", lachte Vater, „Knüppel, die schneiden wir grad kurz vom Baum, so wir sie brauchen."

Ich aber erzählte, was Wunderwerke der Knüppel begangen hat und dass er den Tisch und den Esel der Brüder zurückgewonnen hatte.

So luden wir ein letztes Mal zur Wiederkehr eines Sohnes alle Verwandten ein, mein ältester Bruder hieß seinen Tisch: „Tischlein, deck dich" – und gab allen köstlichste Speise und Trank. Hernach kam der mittlere mit zwei Tüchern und dem Esel und jeder erhielt mehr Gold, als er je vor seinen Augen gesehen hatte.

So konnten wir unser Handwerk zur Seite legen und von Tisch und Esel gut leben, brauchten auch Diebe nicht zu fürchten, denn mein Knüppel hielt uns alles beisammen.

Der Gevatter Tod

Hab manches Jahr gedient und manchem Herrn als Knecht, oft Arbeit getan, die anderswo die Mägde tun, erledigte aber immer ehrlich, was mir aufgetragen und hab immer löblich gelebt von dem, was die Hände taten. Hab auch nie erzählt, was ich bei meinen Herren gesehen und gehört habe, wie es sich gehört. Ein rechter Knecht ist stumm, tut sein Tagwerk, arbeitet was der Herr sagt und schaut nicht rechts und nicht links was geschieht. Wie sagte mein Vater noch: „Du musst Ohren haben, die jedes Flüstern hören, wenn dein Herr etwas braucht und immer im Raume sein, aber unsichtbar, wie ein Staubkorn unterm Teppich und genauso stumm."

Jetzt aber bin ich alt, sitze nur in meiner Ecke, und was ich sage, mag jeder für die Schnurren des Alters halten, und so kann ich von dem merkwürdigsten Herrn erzählen, den ich je hatte. Kennt ihn auch keiner hierzulande, ihn nicht und seine Familie nicht. Und seinen Gevatter, den wünsch ich mir herbei, vor dem hab ich keine Angst.

Manches, was ich erzählen will, habe ich selbst gesehen, aber manches auch gehört. Will es aber so erzählen, als sei ich dabei gewesen.

13 Kinder waren sie zu Hause, hatte mein Herr gesagt und wenig zu beißen auf dem Tisch. Er war der Jüngste. Und sein Vater war recht verzweifelt, als der Kleine geboren wurde, so erzählte mein Herr und dann weiter, was ihm sein Vater zu berichten hatte. Einen Gevatter suchte er für den jüngsten Sohn, einen Paten, der sollte ihm helfen, wenn es ans Lernen und Arbeiten ginge, damit auch aus ihm etwas Rechtes werde. Und wenn die Not schon vorher einmal zu groß wäre, sollte er dem Kinde zur Seite stehen.

Stand der Mann also an der Straße, so sagte mein Herr, und als erstes sprach ihn der liebe Gott an. Sein Vater aber war durch Armut und schwere Arbeit hart geworden, und als Gott sich erbot Gevatter zu werden, spuckte er nur aus und sagte: „Du versprichst, mein Sohn solle glücklich werden - sonst lässt du die Reichen viel haben und die Armen hungern. Das ist mir nicht das Rechte für mein Kind." Er wusste halt nichts von der Weisheit Gottes, sagte mein Herr, wie um sich zu entschuldigen.

Der Nächste, der ihm in den Weg lief und sich wohl erbot, Gevatter zu werden, kam ihm noch merkwürdiger vor, erbot dem Kinde Gold in Hülle und Fülle zu schenken und alles, was das Herz begehrt. Sein Vater aber habe gleich den

Schwefel gerochen und richtig, der Teufel hatte sich als Gevatter erboten. „Betrug und Verführung!" rief er, „das schenkst du den Menschen, dich will ich nicht."

Als Letztes kam der Tod herzu und erbot sich gleichfalls und sagte, er könne Gevatter sein, er mache alle Menschen gleich. Das gefiel dem Vater, und er nahm den Tod gern zum Gevatter.

So also soll es gekommen sein, dass mein Herr den Tod als Gevatter hatte, dieser auch wohl im Hause ein- und ausging und auch ich ihn häufig zu sehen bekam.

Als mein Herr nun groß genug war, hatte der Tod ihm ein besonderes Kraut zum Patengeschenk gemacht, das er immer bei sich trug und nie aus der Hand gab.

Wie ich zu ihm kam, war er ein berühmter Arzt, der alle Kranken entweder sehr schnell heilte oder schnell wusste, wo dies unmöglich sei. Die Menschen riefen ihn von nah und fern, und er brauchte mich, dass ich seine Wohnung versah und sauber hielt und dass ich ihn mit einem kleinen Wagen zu den Kranken fuhr. Wenn es recht nass war oder der Kranke besonders arm oder besonders reich, ging ich mit. Bei den Armen, weil sie mich als ihresgleichen sahen und bei den Reichen, weil ein Arzt, der seine Tasche selber trug, nichts gelten konnte. So habe ich oft in der Ecke des Krankenzimmers gestanden, und wenn ich ganz ruhig war und nur schaute, habe ich das Wunder gesehen, dass dort geschah.

Der Tod war jedes Mal bei den Kranken, und wenn er beim Kopfe stand, gab mein Herr sein Wunderkraut, stand er aber am Fuße, so sagte mein Herr mit schwerer Stimme: „Den kann die Kunst eines Arztes nicht mehr heilen."

So geschah es jedes Mal, und er war der berühmteste und der reichste Arzt im ganzen Lande. Das hätte noch lange so weiter gehen können, bis er einmal nicht nur zu einem Reichen, sondern gleich zum König des Landes gerufen ward. Er trat fein ein, ich hinter ihm mit der Tasche und bevor mein Herr noch aus der Tasche gekramt hatte, was er brauchen könne, sah ich den Tod bei den Füßen des Königs stehen. Dachte mein Herr, er als Patenkind des Todes könne mit ihm schachern? Er hieß mich und des Königs Diener, diesen im Bette zu drehen und gab ihm sodann das heilende Kraut. Der Tod aber wurde zornig über meinen Herrn und kam später in seine Stube ihn zurechtzuweisen. Da tat ich, als sei ich unsichtbar und taub und hörte doch wie Gevatter Tod dem Arzte sagte. „Einmal sehe ich es nach als dein

Gevatter, beim nächsten Male aber, nehme ich dich selbst stattdessen mit."

Ein Weilchen ging alles gut, bis dann mein Herr wieder zum König gerufen wurde. Nein eigentlich wurden alle Ärzte gerufen, weil die Königstochter auf den Tod erkrankt war, und wer sie heilte, sollte ihr Gemahl werden können. Da dachte mein Herr nicht an Vernunft und guten Ratschlag, sondern fuhr in den Palast - nur um den Gevatter schon wieder am falschen Ende stehen zu sehen. Hatte er nicht genug mit all dem guten Geld, das er verdiente? Gab es nicht genug andere schöne Töchter, von denen er frei ein Weib hätte wählen können? Musste es gleich des Königs Tochter sein? Er handelte, wie er bei ihrem Vater getan hatte, hatte keine Angst und sah das kommende Leben wohl in den schönsten Farben vor seinen Augen. So erschrak ich mehr als er, als Gevatter Tod ihn nahm, bei der Hand mit sich zog und mit ihm verschwinden wollte. Da ich aber in dem Augenblick nach der Tasche gegriffen hatte, die mein Herr noch hielt, so zog der Tod uns beide mit sich.

Wir kamen in eine Höhle, voll Kerzenlichter in riesigen Reihen aufgereiht. Einige groß, einige halbhoch und einige Stummel, die fast erlöschen wollten.

„Dies", so sagte der Tod, „dies sind die Lebens-
lichter aller Menschen", und er zeigte wie die
ganz großen zumeist Kindern, die mittleren
Menschen in den besten Jahren und die Stummel den Greisen gehörten. Einige waren aber
auch ganz anders und zeigte kurze Lichter von
Kindern."

Der Arzt war neugieriger als ich je sein könnte
und fragte, ob er sein Licht auch sehen dürfe.

Der Tod hatte wohl genau dies geplant und
wies ihn zu einem winzigen Stückchen, das
bald verglimmen sollte.

Da fasste ihn die Angst, und er erbat vom Gevatter ein neues Licht, auf dass er das schöne
neue Leben an der Seite der Königtochter und
später als König genießen könne.

„So geht es nicht", erwiderte der Tod – „erst
muss eines verlöschen, ehe ein neues Licht entzündet werden kann." Aber mein Herr nicht
dumm, schlug vor das winzige Licht oben auf
eine neue Kerze zu pflanzen, so dass das eine
Licht das andere entzünden könne.

Der Tod griff auch eine Kerze, schaute als wolle
er so tun, doch ich sah genau, wie sein Ärmel
das Lichtchen verlöschte. Im gleichen Atemzug
wurde mein Herr bleich und fiel tot zu Boden.

Erst da sah mich der Tod an, hob eine Augen-
braue und befahl mir, bis ich denn selbst ster-

ben wolle Stillschweigen zu bewahren. Jetzt aber könne ich mich um alles kümmern, winkte mich mit der Hand fort, und ich fand mich zurück mit meinem toten Herrn, wo wir einen Atemzug oder eine Ewigkeit vorher noch gestanden hatten. So tat ich meinen Dienst zu Ende und habe lange nichts von dieser Geschichte erzählt. Doch jetzt sind meine Augen dunkel und meine Glieder steif. Das Essen schmeckt nicht mehr und der Schlaf mag des Abends nicht kommen. So will ich diese Geschichte heute erzählen und hoffen, dass Gevatter Tod mich wirklich als Strafe mitnimmt.

Rotkäppchen

Geschichten werden immer nur von denen erzählt, die brav sind, zu brav. Nicht von den Schlauen, nicht von denen, die begreifen, dass die Erwachsenen nicht das Maß aller Dinge sind. Aber wenn die dann mal eine Dummheit machen, dann kommt es knüppeldicke.

Es gab einige Kinder hier herunten, manche, mit denen man auch gut toben und spielen konnte, und ein paar, die waren so „süüüß" und so „braav", dass all die Großen sie recht lieb hatten. Besonders wenn es ein Mädchen war, nicht so eine Göre wie ich, die auf die Straße rennt und auf den Baum klettert, deren Rock nicht weniger Flicken hat als die Hose meines Bruders. Also eine die Spaß hat und rennt und läuft und nur die Arbeit macht, vor der sie sich nicht drücken kann.

Es gab aber ein Mädchen bei uns, das mochten alle Erwachsenen. Die war so lieb und brav, tat was man ihr sagte und trug immer schöne und heile Kleider. Die wusste nicht, wie man einen Ball fängt oder rennt, aber die Kappe, die ihre Großmutter ihr geschenkt hat, trug sie beständig, die sah gar fein aus über dem hübschen Gesichtchen. So sagt zumindest meine Mutter - zu meinem Gesicht sagt sie nur: „Wasser hat noch nie geschadet."

Wenn dieses Rotkäppchen, wie sie wegen der Kappe genannt ward, einmal etwas arg Verbotenes tat, dann pflückte sie ein paar Blumen vom Straßenrand und am Rande des Waldes.

In jenem Wald lebte ihre Großmutter recht einsam, und wir waren schon häufig dorthin gestromert. Der Wald aber war gefährlich und wild, da ging jeder nur auf dem Wege, denn abseits waren wilde Tiere, die liefen selbst schneller als ich.

Rotkäppchen also kam mit einem Korb, Kuchen und Wein wird drin gewesen sein, zum Walde hin, und weil wir nichts Besseres wussten, folgten wir ein Stück weit dahinter.

Ihre Mutter wird ihr den guten Rat mit dem Weg gegeben haben und einen Satz zur recht guten Erziehung gesagt haben, denn so eine Frau ist sie.

Wir sahen das Kind den Weg gehen, und wir beobachteten, wie ein Wolf sich auf dem Weg näherte. Er fragte sie nach woher und wohin, und lieb und arglos erzählte Rotkäppchen von Kuchen und Wein für die Großmutter. Gab auch frei Auskunft über den Weg und hatte keine Angst, auch wenn der Wolf sich sichtbar die Lefzen leckte vor lauter Vorfreude.

Er sprach mit ihr von Blumen und Vögeln, das trug der Wind zu uns und richtig, sie sprang auf eine nahe Wiese und brach Blumen für einen Strauß.

Wir dachten mit dem Wolfe sei es gerade noch gut gegangen und folgten langsam nach. Als Rotkäppchen aber zum Haus der Großmutter kam, wollten wir uns einen Schabernack ausdenken und schauten durch das Fenster auf der rückwärtigen Seite. Das war ein klein wenig offen, und so sahen und hörten wir, was drinnen geschah. Was hab ich mich erschreckt, kurz nachdem ich Rotkäppchen mit dem dicken Strauß Blumen eintreten sah und wie die Großmutter auf den Gruß „Guten Morgen" gar nicht antwortete.

Als Rotkäppchen dann den Vorhang am Bett zur Seite schob, da fiel mir gleich das Herz in die Hose. Lag doch im Bett nicht die alte Großmutter, sondern stattdessen in ihrem prachtvollen Nachthemde und mit der Nachtkappe auf dem Kopf der Wolf. Ich wollte fliehen und meine Gefährten wohl auch, doch waren wir ängstlich und blieben wie angewurzelt vor dem Fenster stehen. Auch rufen oder schreien kam uns nicht in den Sinn. Zwar hatte das Wesen in dem Bett die Haube ganz tief in der Stirn, aber von unserer Seite sahen wir den Schwanz unter der Decke hervorschauen und die Spitzen der Ohren wurden unter der Haube sichtbar..

Rotkäppchen aber war wohl dumm oder blind und kam ganz nah an das Bett heran, schon vernahmen wir mit angehaltenem Atem folgendes Gespräch:

„Ei, Großmutter, was hast du für große Ohren!" „Dass ich dich besser hören kann." „Ei, Großmutter, was hast du für große Augen!" „Dass ich dich besser sehen kann." „Ei, Großmutter, was hast du für große Hände!" „Dass ich dich besser packen kann." „Aber, Großmutter, was hast du für einen entsetzlich großen Mund!" „Dass ich dich besser fressen kann."

In dem Augenblick sprang der Wolf aus dem Bette und verschlang die Kleine mit einem Bissen. Da hatten wir erst recht Angst, es könnte uns gleichermaßen passieren, und wir standen zitternd vor dem Fenster. Konnten nicht schreien und nicht sprechen und schauten gebannt wie der Wolf sich auf das Bett fallen ließ und sogleich mit Schnarchen anfing.

Kaum war das Schnarchen so laut, dass wir uns fast trauten ein Glied zu rühren um vielleicht heilen Leibes fortzuschleichen, ging die Türe noch einmal auf. Ein junger Jäger betrat das Zimmer, sprach im hinein gehen: „Frau Großmutter, so wie ihr schnarcht, da fehlt euch sicher…" Er unterbrach sich mitten im Satz, als er den Wolf erblickte, hob das Gewehr, als wolle er schießen, sah dann die Haube, die achtlos heruntergefallen war und erkannte wohl, die Großmutter könne im Bauch des Wolfes zu finden sein. Statt zu schießen, nahm er eine Schere und schnitt den Bauch auf. Wir staunten nicht schlecht, als erst das Rotkäppchen ganz munter aus dem Wolfsbauch sprang und hernach die Großmutter etwas schwerfälliger hinterher kam.

Was sie dann taten, verstand ich nicht: statt zu schießen packten sie dem Wolf schwere Steine in den Bauch – aberals er aufwachte, konnte er damit nicht laufen und fiel tot zu Boden.

Der Jäger, die Großmutter und Rotkäppchen aber setzten sich an den Tisch, Rotkäppchen packte den Kuchen und den Wein aus, und wir hatten unsere Knochen endlich wieder beisammen und rannten zurück in den Ort. Hernach hat keines von uns, wie auch Rotkäppchen noch einmal die Lust gehabt im Walde vom Weg zu weichen.

Aber der Wind, sagt man, der weht, wo er will. Er weht hier und da und verrät niemanden, was er auch sieht. Aber das Leben ist das Leben, und Märchen sind Märchen, und so mag ein Windhauch zwar nicht eingreifen und die Menschen im Märchen verraten, aber dennoch kann er mitziehen und schauen und danach die Geschichte weitertragen.

War ein kleines Lüftchen, so klein wie ein Fenster nicht ganz schließt. Wo ich wehte, da klappten die Männer den Kragen ein wenig hoch, die Frauen legten das Tuch um die Schulter oder der eine oder andere hob ein wenig die Schultern und schaute, wo der Lufthauch herkam. Mancher nahm eine Kerze und hielt sie, um am Spiel der Flamme zu sehen, woher ich gerade wehe. Ich aber war jung und neugierig und zog gleich in eine andere Ecke und wehte von einer anderen Seite.

Hab über die Menschen gestaunt und mich gewundert, hab sie nie verstanden, nicht ihr woher und wohin, und je reicher und mächtiger desto weniger konnte ich sie verstehen. Deshalb schaute ich länger, wo etwas war, das ich verstehen wollte und begleitete wohl den Einen oder Anderen eine Zeit.

Zu jener Zeit hatte der König 12 Töchter, von denen die Menschen sagten, sie seien schöner als alle. Ach, dass die Menschen es immer so wichtig nehmen, ob ein Mensch schön anzuschauen ist und nicht schauen, ob es etwas Anderes in dem Menschen gibt als nur das hübsche Bild. Gewiss, sie waren schön, und ihr Vater, der König, hütete und bewachte sie eifersüchtig. Doch wie es immer ist, wenn ein Vater alle Kraft und alle Augen auf die Tür richtet, weht das Kind schon zum Fenster hinaus. Ich habe sie bedauert, wenn ich wehte, wo ich wollte und sehen musste ,wie ihr Vater jeden Abend den Raum, in dem sie schliefen, abschloss und verriegelte.

Aber die Mädchen hatten einen Weg hinaus gefunden, und so fand ihr Vater jeden Morgen die Schuhe zertanzt vor wie nach einem großen Ball. Eifersüchtig wachen war das eine für den König, aber dies Rätsel wollte er auch gelöst sehen.

So ließ er nah und fern ausrufen, dass er den Mann zu seinem Nachfolger wähle, der ihm das Rätsel löse. Wer sagen könne, wo getanzt wird, bekäme eine Tochter zur Frau und das Königreich als Hochzeitsgeschenk. Ich hätte es verraten können, aber was soll ich mit einer Braut und einem Königreich? Auch hätte er mich nicht gefragt, denn wer es in drei Tagen und Nächten nicht lösen könne, der sollte mit dem Tode bestraft werden. Menschen sind merkwürdig. Erst ist ihnen die Reinheit oder das Wissen um die Kinder so wertvoll und dann gibt man sie dem ersten hergelaufenen Mann, der ein Rätsel lösen kann.

Aber auch die Gier der Menschen ist immer gleich, und so dauerte es nur eine kurze Weile, bis ein Königssohn herzukam, um tapfer das Rätsel zu ergründen.

Abends ward er in ein Zimmer neben dem Schlafsaal der Mädchen gebracht, es stand wohl auch ein Bett zurecht, aber die große Tür zwischen den Räumen war offen, dass er sehen möge, wohin sie wohl gehen wollten. Ich hätte ihm gleich sagen können, dass er nichts erfahren könne und richtig, er schlief ein, sah nicht, wo die Schuhe zertanzt wurden und verlor richtig am dritten Tage den Kopf. Auch allen Männern, die hernach das Wagnis versuchten, sollte es nicht besser gehen.

Mir aber ward langweilig von dem ewigen Kopf abschlagen, und so zog ich aus dem Saale wieder in die Lande, hier ein wenig den Hals verkühlen, dort eine Kerze ausblasen und welcher Schabernack einem Windhauch noch einfallen mag. In der Stadt vorm Schloss war ich zugange, als ein armer Soldat, der kaum noch recht gehen konnte wegen der Wunde, die der Krieg ihm geschlagen hatte, bei einer alten Frau einen Schluck Wasser erbat. Ich fuhr ihm gleich in die Kleider und spielte mit den Knöpfen, die recht lose hingen und hörte so, wie die Beiden miteinander sprachen.

Die Alte fragte nach dem Woher und Wohin, und der Soldat, der kein Ziel mehr hatte, scherzte, er wolle gern erfahren, wo die Königstöchter ihre Schuhe zertanzten, um dann König zu werden.

Die alte Frau riet ihm keinen Wein zu trinken des Abends und einen Mantel zu tragen, den sie ihm geben wolle, denn dieser Mantel würde ihn vor allen Augen verbergen.

Verlieren konnte er nichts als das Leben, und das war ihm nicht so wertvoll, wenn er nicht wusste, was damit anzufangen sei, und so nahm er sich das Herz beim König vorstellig zu werden. Da ich so einen Mantel noch nie gesehen hatte und hoffte, es könne eine neue Wendung geben, begleitete ich ihn.

Der Abend begann wie bei allen Königssöhnen und anderen Männern, die im Kämmerchen neben dem Schlafsaal eingeschlafen waren. Der König gab ihm herrschaftliche Kleider und schloss dann alle 13 hinter dem schweren Riegel ein. Die Mädchen waren freundlich zu ihm, und die Älteste gab ihm einen Becher Wein und blieb auch in der Türe stehen zu sehen, ob er ihn tränke. Aber der Soldat war schlau, hatte einen Schwamm unterm Kinn im Schaltuch verborgen, und wie sie von fern ihm beim Trinken zuschaute, goss er den Wein nicht in seinen Mund sondern in den Schwamm. Kurz danach tat er, als hätte der Schlaf auch ihn ergriffen und schien auf dem Bett in tiefem Schlummer zusammenzusinken. Als er dann auch noch zu schnarchen begann, lachten die Königstöchter und die älteste Tochter fand „Der hätte sein Leben sparen können". Nun huben sie an, und alle putzten sich fein zum Tanz mit schönen Kleidern und allem, was dazu gehört.

Nur die Jüngste glaubte nicht an das fortdauernde Glück und erzählte den Schwestern davon. Diese lachten aber, nannten sie eine Schneegans, die alles fürchtet und brüsteten sich mit dem Tode der vielen Königssöhne. Die Älteste meinte gar, der Soldat hätte nicht einmal einen Schlaftrunk gebraucht und auch ohne den gut geschlafen. Dafür zauste ich ihr das Haar, dass sie es neu aufstecken musste.

Da der Soldat sich nicht rührte, ging die älteste Schwester an ihr Bett, klopfte daran und schon versank es im Boden und gab eine Öffnung frei.

Der Soldat hatte auch fein den Mantel umge-
worfen und begleitete die Mädchen, als sie in
die Tiefe stiegen. Er folgte der Jüngsten, die als
Letzte ging und trat einmal aus Versehen auf
ihr Kleid. Als sie erschrak, wehte ich gerade der
Ältesten in den Nacken und so entgegneten die
Schwestern ihrem Aufschrei, ein Haken sei es,
der das Kleid halte.

Unten angekommen war ein Gang aus Bäumen
mit silbernen Blättern, die ich immer gern zum
Klingen und Klingeln brachte. Der Soldat brach
ein Zweiglein als Zeichen ab und erschrak nicht
schlecht, als der Baum lautes Knallen von sich
gab. Wieder erschrak die Jüngste und die Älteste sagte leichthin: „Es sind nur Freudenschüsse,
denn unsere Prinzen sind bald frei." Nach den
silbernen Bäumen kamen goldene und zuletzt
welche aus Diamant, und jedes Mal nahm der
Soldat einen Zweig, und der Knall erschreckte
die jüngste Königstochter so, dass ihre Schwestern lachten. So kamen die Mädchen an einen
See, auf dem 12 Schifflein warteten, ein jedes
mit einem Prinzen. Der Soldat schlüpfte zur
Jüngsten ins Boot, und die Prinzen ruderten die
Mädchen hinüber über den See. Der Prinz der
Jüngsten aber hatte doppelte Arbeit, weil sein
Schiff ja doppelt geladen hatte. Ich war auch
herinnen, aber ich wiege ja nichts.

Hinterm Wasser war ein Schloss, wo die Mädchen mit ihren Liebsten tanzten, und der Soldat tanzte und feierte mit. Nahm den Wein aus den Bechern vom Munde der Feiernden und erschreckte die Jüngste auch damit. Gegen 3 Uhr aber waren die Schuhe zertanzt, und so brachten die Schiffe sie wieder zurück. Der Soldat aber fuhr dieses Mal mit der Ältesten zurück und ging im Schloss auch als erster nach oben, um dort schnarchend zu liegen, als die Schwestern zurückkamen.

Wie das so fein gegangen war, dachte der Soldat nicht daran, sofort den König zu informieren, sondern feierte auch die zweite und die dritte Nacht. In jener nahm er einen Becher mit, und als der König ihn rufen ließ, um zu sehen, ob es eine Hinrichtung oder eine Hochzeit gäbe, da stellte er die Zweige in den Becher und erzählte dem König alles. Die Töchter aber konnten nicht leugnen und mussten alles gestehen. Der Soldat wählte die älteste Schwester zur Braut und wurde gleich verheiratet und zum König gekrönt.

Jene armen Prinzen im unterirdischen Schloss wurden erneut verwünscht für so viele Tage, wie sie Nächte mit den Mädchen getanzt hatten.

Da wollte ich gleich gar nicht mehr zugegen sein und zog fort in ein anderes Land, um dort meine Spielereien zu halten.

DIE UNGLEICHEN KINDER EVAS

War am Anfang der Zeit, als Gott noch die Menschen auf Erden besuchen kam. War am Anfang der Zeit, als die Menschen erst lernten wie satt werden und sich warm kleiden. Wir Vögel aber flogen hierhin und dorthin, sahen dieses und jenes und lebten so fröhlich wie wir das heute noch tun oder sogar fröhlicher.

Wenn die Gräser reif waren und die Beeren, flogen wir dort hinaus und aßen von einer reichen Tafel, wenn es Winter war und all unsere Nahrung mit Schnee bedeckt, dann flogen wir zu den Menschen und ihre merkwürdige Hütte, die sie krumm und schief gebaut hatten. Man sah dem Haus wohl an, dass es das erste Werk ungelenker Hände war, genauso wie die Furchen, die Adam in den Acker grub, welche erst nach und nach von Jahr zu Jahr immer gerader wurden. Eva aber saß an der Spindel, um Garn für Kleider zu schaffen, am Herd, um Brot zu backen und am Feuer, um Suppe zu kochen. Aber sie wusste noch wie unser Gesang sie im Paradiese glücklich gemacht hatte, und so fiel im kalten Winter so manche Krume für uns ab.

Am Anfang kam ich nur, wenn die Kälte durch die Knochen fuhr und der Hunger nicht draußen in der freien Natur zu stillen war, aber mit der Zeit kam ich auch zwischendurch zu den

Beiden. Damals hatten wir Vögel und alle Tiere noch eine Zeit zum Leben, die viele Jahre länger war als heute, und so hatten auch wir zwischen Aufzucht der Jungen und dem neuen Nestbau Zeit uns umzutun.

Auch Adam und Eva waren fruchtbar und von Jahr zu Jahr füllte das Haus sich mehr mit Kindern. Jungen und Mädchen, engelsgleiches Haar und wilde Rangen, schön von Gestalt wie ein junger Baum oder erdverbunden wie die knorrige Weide. Mir schienen alle Kinder auf ihre Art schön, vor allem die, die liebenswert zu uns anderen Geschöpfen waren. Adam und Eva aber hatten ihren Tisch, an dem es Essen gab, wohl geordnet. Auf der einen Seite bei ihren Eltern saßen die Kinder, deren Wuchs gerade und deren Gesichter gleichmäßig waren. Am anderen Ende aber kamen die, die krumm von Gestalt waren, mit wirrem Haar oder unruhig im Wesen.

An jenem Tag, von dem ich erzählen möchte, hatte Gott, der Herr, sich angekündigt. Ein Engel hatte verkündet, der Herr wolle den Haushalt der Familie sehen. Tage vorher hatte Eva geschrubbt und geräumt, neue Binsen am Boden verteilt, Blumen ins Haus geholt, und als wir an jenem Tage in gleicher gespannter Erwartung in Nischen und auf Zäunen saßen, konnten wir im Hause keine unerledigte Arbeit mehr sehen. Eva aber hatte sich auch ihrer Kinder angenommen, wusch und badete sie und bekleidete sie mit neuen Hemden. Sie ermahnte sie wohl auch zu gutem Benehmen, und wir tschilpten in lautem Gelächter über die Sorge einer Mutter. Dann aber rief eines von uns: „Da fehlen ja viele!" - und richtig, als wir genauer hinsahen, fehlte die Hälfte der Kinder.

Die Kinder vom unteren Ende der Tafel hatte Eva versteckt, wo immer Platz für eines zu finden war, und sie ermahnte sie, schön brav und still zu warten bis der Besuch gegangen sei.

Dann gab es ein Klopfen an der Haustüre, und Adam öffnete dem Herrgott die Tür. Wie dieser die schönen Kinder vor sich stehen sah, blickte er eins nach dem anderen an, hieß sie hinknien und segnete sie.

Er legte auf den ersten seine Hände und sprach: „Du sollst ein gewaltiger König werden!", ebenso zu dem zweiten „Du ein Fürst!" zu dem dritten „Du ein Graf!" zu dem vierten „Du ein Ritter!" zu dem fünften „Du ein Edelmann!" zu dem sechsten „Du ein Bürger!" zum siebenten „Du ein Kaufmann!" zu dem achten „Du ein gelehrter Mann."

Wie er so von einem schönen Kinde zum nächsten schritt, sah ich Eva ins Gesicht, und sie trug ein Fragen und Forschen in ihren Augen. Auch liebevolles Fühlen sah ich da, und ehe Adam sie aufhalten konnte, öffnete sie Schrank und Keller, Waschtrog und Vorratskammer und rief die anderen Kinder herzu.

Das war keine so schöne Runde, keine frischgekämmten Haare, sondern Ruß um die Nase und das Hemd voller Flecken, Schniefnase und krumme Gestalt, Kinder gebeugt wie vom Alter und welche, die waren vom Wuchs her schön und dennoch schien etwas zu fehlen, um sie dem Auge angenehm zu machen. Eva aber sah voll Liebe auf die traurige Schar und sprach zum Herrgott: „ Auch dies sind meine Kinder, hast du für diese auch einen Segen übrig?"

Der Herr lächelte, betrachtete sie alle und sprach: „Auch diese will ich segnen." Er legte auf den ersten die Hände und sprach zu ihm: „Du sollst werden ein Bauer!", zu dem zweiten „Du ein Fischer!", zu dem dritten „Du ein Schmied!", zu dem vierten „Du ein Lohgerber!", zu dem fünften „Du ein Weber!", zu dem sechsten „Du ein Schuhmacher!", zu dem siebenten „Du ein Schneider!", zu dem achten „Du ein Töpfer!", zu dem neunten „Du ein Karrenführer!", zu dem zehnten „Du ein Schiffer!", zu dem elften „Du ein Bote!", zu dem zwölften „Du ein Hausknecht dein Leben lang."

Wie Eva das hörte, wurde sie zornig. „Ungerecht bist du Herr, sind doch alles meine Kinder, und du schenkst den Segen so ungleich
und ungerecht. Sollte nicht die Gnade über alle
gegossen werden?"

Gott aber sah Eva an und fragte sie: „Verstehst
du es nicht? Wie soll die Welt denn nur mit
Fürsten und Herrschern gehen. Wer pflanzt das
Korn, drischt, malt und backt? Wer hält das
Vieh und gibt Fleisch und Wolle? Wer schmie-
det, zimmert, baut ein Haus, gräbt einen Garten
um, wer näht dein Hemd?

Dir mag es ungleich scheinen und ungerecht,
doch fehlte einer der Stände, es würde alles
nicht gehen. Nur wenn ein jeder nach seinem
Können tut, was allen nützt, nur dann wird die
Gemeinschaft der Menschen ein gutes Leben
haben. So erhält, schützt, nährt, kleidet und be-
wahrt einer den Anderen, wie die Glieder eines
Leibes…"

Der Teufel und seine Großmutter

Im Krieg kann ich reiche Beute ernten, das war immer so, und das wird immer so sein. Der Mensch ist schnell beim Kriege, ein kleiner Schubs von mir, und schon ist ein neuer Krieg begonnen. Heute ist das so, und damals war das so, und da die Könige selbst nicht in den Krieg zogen, sondern Männer dafür bezahlten, war für mich kein Mangel am Krieg und seiner Ernte verzweifelter und verängstigter Menschen.

In jenem Krieg aber war der Sold nicht genug zum Essen, und so mancher Soldat vergaß die Angst vorm Galgen, den er für die Flucht ernten würde und floh für Essen und Unterkunft. Aber die Gefahr floh mit, und so hatte ich auch hier reiche Ernte für meine warme Heimat.

Waren also wieder drei Soldaten, hatten die gute Idee im Kornfeld zu warten, bis das Heer weiterzöge, um dann zu plündern und die Ernte zu zerstören, das durften die Heere nämlich nicht in jenem Krieg. Aber das Heer zog nicht am Folgetag weiter, sondern blieb, und der Hunger, der vorher schon ein trauter Gast gewesen war, drohte die drei Soldaten nieder zu machen. Menschen in solch einer Situation sind mir die Liebsten, haben sie doch keine Wahl, die sie selbst treffen können. Verhungern oder zurück und aufgehängt werden, das ist keine Wahl...

So schickte ich den Männern einen Drachen aus meinem tiefsten Verlies, denn so weit, dass sie mich selbst sehen und mit mir Geschäfte machen wollten, sind die Menschen nicht so schnell.

Der Drache fragte die Soldaten nach woher und wohin, tat auch ganz gespannt, wie ich es ihm geheißen hatte und bot ihnen einen Handel an.

Sieben Jahre Freiheit, Reichtum und was das Herz begehrt, dann aber Dienst in der Gewalt des Drachens oder vielmehr in meiner, Flucht aus dem Heer natürlich inbegriffen. Der Drache gab ihnen, wie ich es ihm geheißen hatte - eine kleine Peitsche. Die war ein echtes Wunderwerk, denn jeder Knall gab reichlich Geld, so dass sie nicht nur nie wieder hungern sollten, sondern zugleich wie die reichsten feinen Herren leben konnten. Er hieß sie, ihre Namen in mein großes Buch zu schreiben, dass der Handel gültig sei. Und wie immer: damit der Mensch sein Teil, das ich ihm gewähre, auch wohl genießt und nicht die Angst ihn umtreibt, versprach der Drache auch dieses Mal in meinem Namen ein Rätsel, dessen Lösung die Soldaten freikaufen sollte.

Ich hatte keine Angst, noch niemand hatte das Rätsel gelöst, noch jede Seele war am Ende die meine geworden, die ihren Namen in mein Buch geschrieben hatte.

Die Soldaten aber beobachtete ich von fern, sah, wie sie taten wie erwartet, sie lebten wie die Herren und ließen den Herrgott einen guten Mann sein. Ohne den Vertrag wären das keine Männer gewesen, bei denen ich gute Karten gehabt hätte, denn trotz des Geldes taten sie nichts Böses in den sieben Jahren. Wo doch jeder weiß, dass Reichtum hilft, das Schlimmste im Menschen zu zeigen, so dass ich um die Reichen oft weniger Mühe als um die Armen habe.

Die Zeit verstrich, und als sie sich dem Ende näherte, waren zwei der Soldaten sehr betrübt und bang, der dritte Mann aber vertraute seinem Kopf und dem Rätselglück und blieb guter Dinge.

Das nächste habe ich selbst nicht gesehen, es war ein großer Handel um Seelen im Gange am anderen Ende der Welt, da konnte ich kein Auge auf die drei haben.

Sie taten wohl nicht, was die meisten Menschen tun, die sich mir verschrieben haben. Die schweigen fein still und denken: „Wenn nur keiner weiß, dass ich mit dem Teufel einen Vertrag habe, dann wird schon alles gut werden."

Dumm sind sie, dumm zum Glück, denn wenn mehr Menschen sich so verhielten wie die drei Soldaten, dann würde der Handel für mich immer schwerer.

Einer alten Frau vertrauten sie sich an, und diese kannte die Gegend wie ihre Schürzentasche. Sie wies ihnen den Weg zu einer Felswand, die einer Hütte gleicht, wo meine Großmutter lebt und versprach, sie könnten dort Hilfe finden. Großmutter ist alt und manches Mal ein wenig wunderlich, deshalb lebt sie dort allein, wo sie meinem Geschäft nicht in die Quere kommen kann.

Des Nachts aber besuchte ich sie in der Gestalt des Drachen, denn wenn sie auch wunderlich war, so blieb sie doch meine Großmutter, und auch wenn ich mich dafür schämen muss, ist sie doch das einzige Wesen, dass ich trotz allem lieb haben kann. Auch kocht sie mir um Mitternacht meine Leibgerichte, und nirgends kann ich so gut speisen wie bei meiner Großmutter.

Aber dennoch es gehört sich nicht, dass des Teufels Großmutter ein weiches Herz hat, denn sie muss einen von den drei Männern in jener Nacht im Stroh versteckt haben. Es begann wie immer, wir aßen und tranken und waren vergnügt beieinander zu sein, ich prahlte ein wenig mit meinen Erfolgen und den Seelen, die ich an jenem Tage zu fassen bekommen hatte. Es war nicht so gut gewesen, wie es hätte sein können, aber so prahlte ich halt mit den drei Soldaten und dass das Rätsel, das ich ihnen nennen wollte, nicht zu lösen sei.

Als Großmutter danach fragte, verriet ich es ihr: „In der großen Nordsee liegt eine tote Meerkatze, das soll ihr Braten sein, und von einem Walfisch die Rippe, das soll ihr silberner Löffel sein, und ein alter hohler Pferdefuß, das soll ihr Weinglas sein."

Dann ging ich schlafen und hörte nicht, wie sie den Soldaten im Hause jetzt hinaus bat. Aber ich sah am anderen Tage keine Angst mehr der drei Männer, und wie sie wieder lebten, als hätten sie die sieben Jahre noch in voller Länge vor sich, das erstaunte mich doch sehr.

Am versprochenen Tag kam ich zu ihnen und sah verwundert, dass sie nicht vor Angst fast zusammenbrachen, sondern mich gerade heraus ansahen, als ich die Unterschriften im Buche zeigte und den Vertrag ansprach. So sprach ich mit der Stimme, die sonst Menschen zittern und Reiche wanken lässt: „In der Hölle, wo ich euch mit hinnehmen werde, da werde ich euch eine Mahlzeit servieren, ratet ihr was der Braten ist, so seid ihr frei und die Peitsche bleibt die Eure."

Als wäre es etwas, was der Schulmeister vor Jahren eingebläut hatte, so schnell kam die Antwort des ersten Soldaten: „In der großen Nordsee liegt eine tote Meerkatze, das wird wohl der Braten sein."

Ich ärgerte mich arg, aber noch war nicht alles verloren, so fragte ich den zweiten „Was soll aber euer Löffel sein?" „Von einem Wal die Rippe, das soll unser silberner Löffel sein."

Dies kam mir doch sehr merkwürdig vor und mit wenig Hoffnung fragte ich den dritten Mann, ob er denn auch das Weinglas wisse.

„Ein alter Pferdefuß, das soll unser Weinglas sein."

So hatte ich dank meiner Großmutter auch noch den sicheren Kauf verloren, ich schrie vor Schmerz, aber ich hatte keine Gewalt mehr über sie, und sie gingen frei mit meiner Peitsche in ein gutes Leben.

König Drosselbart

Warum wollen nur alle Mädchen Prinzessin sein? Nur reichlich Geld und schönes Spielzeug, herrliche Kleider und viele Feste, so denken sie. Was die Mädchen aber nicht wissen, das sind die Geheimnisse, die unsereins ins Ohr geflüstert bekommt. Ich bin eine Puppe, ein recht elendes Ding, wenn ich mich mit den schönen Geschwistern auf dem Regal vergleiche. Hab wohl ein Festkleid an, aber mein Gesicht ist nicht von Porzellan, und ich kann auch nicht viel mitmachen. Aber des Königs Tochter hatte mich von ihrer Mutter bekommen, als sie noch recht klein war. Und auch wenn sie immer wieder zu lernen glaubte, dass bei Hofe das schöne Kleid und das herrschaftliche Aussehen mehr wert ist als alles andere, so blieb es doch immer gleich. Wenn sie eine wunderbare neue Puppe bekam oder ein anderes Spielzeug oder später ein Kleid und ein Schmuckstück, so waren diese bei Tage an ihrer Seite, saßen am Spieltisch oder prunkten an Haken oder in Schatullen. Aber längstens drei Tage später, saßen die Puppen im Regal und wurden nur noch angesehen, wenn jemand den Staubwedel schwang. Ich aber wurde aus der Kiste mit den ganz persönlichen Dingen hervorgeholt, abends im Bett auf das

Kissen gelegt und hörte alle Geheimnisse und Sorgen.

Bei Tag war die Prinzessin schön und stolz, zeigte, dass sie gelernt hatte, nur sie könne einzigartig sein und nur sie habe das Beste auf Erden verdient. Ich aber nachts auf dem Kissen, wusste doch, dass dies nicht alles an ihr war.

Es kam die Zeit, wo ihre Schönheit in allen Landen erzählt wurde, aber auch ihr Stolz und ihre lose Zunge. Sie war im Herzen noch ein halbes Kind, wenn sie mir abends ins Ohr flüsterte, wie viele Freier sie am Tage abgewiesen habe. Wenn ihr Vater ein Fest gab, so hieß er die Männer sich aufstellen und die Tochter schritt die Reihen ab. Wie sollte sie sich entscheiden, wenn sie mit keinem Manne auch nur drei Worte wechseln konnte?

Also nahm sie ihr Leben als einen Witz, nannte den Dicken „Weinfass", den Rotwangigen „Zinshahn", den Blassen „Bleicher Tod" und so fort und so fort. Abends bei mir wusste ich nicht, ob sie mehr über die Männer lachte, die sie nur wegen der Schönheit heiraten wollten oder mehr weinte, weil sie selbst nicht wusste, was sie wollte. Ein König aber, der hatte besonders unter ihrer Zunge zu leiden, denn sein Kinn war ein wenig schief, und als sie dies den Schnabel einer Drossel genannt hatte, wurde der arme König von da an nur noch Drosselbart genannt.

„Was soll ich denn tun?", fragte mich die Prinzessin. „Wenn ich schon mein ganzes Leben mit einem Manne zusammen sein soll, dann muss er mir doch gefallen!"

Ihr Vater aber wurde zornig je länger das so ging und schwor eines guten Tages, sie dem erstem Bettler zum Manne zu geben, der an seine Tür kam. Wir hatten das nicht gehört, sie nicht und ich nicht, aber den Spielmann hörten wir, der vor den Fenstern sang. Und wir hörten wie der König ihn in den Festsaal rief und seine Tochter ebenso herzu. Er ließ ihn singen, und es gefiel beiden wohl, aber das Mädchen erschrak furchtbar, als der König statt ein paar Groschen dem Spielmann ihre Hand als Almosen reichte. Der Pfarrer kam schnell herzu, und bevor sie es recht verstand, waren sie getraut. Dann eilte sie in ihr Zimmer, wollte wohl ihre Tränen an meinem Kleid trocknen, doch der König folgte ihr und sagte mit barschen Worten: „Ein Bettelweib hat hier nichts zu tun, geh mit deinem Mann."

Er ließ aber zu, dass sie noch ein paar Tücher und Hemden und auch mich in ein Stück Stoff wickelte und ein kleines Stück Brot, das achtlos auf ihrem Nachtschrank lag zusammen mit einem Apfel. Nur Schmuck und teure Kleider, die mussten zurückbleiben. So band sie ein Bündel aus dem Wenigen, das ihr geblieben war, band es, dass sie es tragen konnte, und ich oben heraus schaute und alles betrachten konnte.

Ihr Mann aber nahm sie bei der Hand, und sie gingen zu Fuss aus dem Ort hinein in einen großen herrlichen Wald. Da schaute und schaute sie und fragte laut: „Wem gehört dieser schöne Wald?" „Der gehört Drosselbart und hättest du ihn genommen, wär es dein Wald" war die Antwort, und sie grämte sich, dass sie Drosselbart nicht genommen hatte.

Kurze Zeit später an einer Wiese ging es genauso, auch diese war dem König Drosselbart zu eigen genau wie die nächste Stadt.

Ihr Mann aber hatte sich ihr Jammern bis dahin angehört und war jetzt ernstlich böse, dass sie einem anderen Manne hinterherweinte. So gingen sie denn weiter bis zu einer kleinen schrägen Hütte, die war so winzig, dass sie wieder fragte, wem denn dieses kleine Haus gehören möge. Der Spielmann aber erklärte, das Häuschen sei das ihre, wo sie jetzt beieinander leben sollten.

War das Häuschen noch so klein, so musst es doch besorget sein. Und die Prinzessin hatte nie auch nur eine Suppe gerührt, geschweige denn ein Feuer gemacht, nie einen Boden gefegt oder ein Kleid gewaschen. Sie kannte kein Leben ohne Diener, und mag ich allemal eine dumme Puppe sein, so hatte ich doch mehr Verstand als sie in jenem Augenblick.

Der Spielmann aber lachte, als sie nach Dienern fragte und verlangte Feuer und Essen, doch sie konnte es nicht. Kein Span war zum Glimmen zu bekommen und wie man aus den kargen Vorräten ein Mahl zubereiten solle, das ahnte sie nicht. So musste ihr Mann das wenige tun, das es so gerade ging, und sie begann am nächsten Tage zu lernen, wie man einen Haushalt besorgt. Doch es ging schlecht, und ich wurde in der Ecke, in die ich gestopft war, staubig und matt, denn sie lernte langsam, und seine Arbeit war es auch nicht, das Haus zu besorgen.

So viel hatten die zwei nicht, dass es lange Lehrjahre geben konnte, und der Spielmann musste bald neues Geld für Essen beschaffen. Aber auch sie sollte nicht müßig sitzen, und so hatte er eine Arbeit für sie gesucht, die einfach zu lernen ist und dennoch Brot auf den Tisch bringt. „Körbe flechten, das können die Kinder und bringt dennoch gutes Geld.", dachte er und schnitt ihr die Weiden, dass sie ihr Tagwerk beginnen sollte.

Doch ihre Hände hatten auf dem Schloss nichts Härteres als Brokat und Edelsteine angefasst und nichts Spitzeres als die Nadel für ihr Haar, und so ungelenk sie die Weiden bog, so stachen ihr diese die Finger wund. Auch was sie machte, war nicht nur langsam, sondern so ungelenk, dass es niemand kaufen würde.

„Wenn das Flechten nicht geht", so dachte ihr Mann, spinnen, „das ist ein Tagwerk mit weichem Garn." – doch weich ist das Garn nur, wenn man das Spinnen beherrscht, sonst ist der Faden nicht sanfter als die Weiden, und so dauerte es nur kurz bis das Blut von ihren Fingerspitzen   sprang.

Jetzt wurde der Mann zornig und beweinte fast sein Schicksal, denn wenn ein Bettelmann eine Frau nimmt, dann muss sie ihren Teil an der Arbeit tun und auch Geld verschaffen, sonst hungern am Ende beide.

„So ganz unmöglich darf es nicht sein, Geld zu verdienen mit der Arbeit meiner Frau!", sagte er und schlug ihr einen Handel vor, irdenes Geschirr, das sie am Markt feilbieten solle. Da war dann gleich nichts, woran sie die Finger zerstechen oder die Hände zerschinden könne, und so nahm sie ein kleines Bündel mit mir als Trost mit, legte die Ware aus und verkaufte auch recht gut. Sie war ja schön anzuschauen und die Töpfe und Krüge gut gearbeitet, da machte sie ein ordentliches Geld. So waren alle zufrieden, ihr Mann und sie und ebenso ich, denn zu viele Tränen auf ihrem Kleid sind auch für eine Puppe keine echte Freude.

Aber irgendwann war das Geld alle, sie ging mit neuen Tonwaren zum Markt, stellte diese fein um sich her an der Ecke des Marktes und hoffte auf denselben Erfolg. An jenem Tag aber kam ein trunkener Husar zu Pferde und ritt mitten hindurch, so dass kein Topf ihr heil blieb. Kaum wagte sie ihrem Mann unter die Augen zu treten, der auch zu schimpfen anfing, welch Dummheit sie mit zerbrechlicher Ware an die Ecke des Marktes geschickt habe.

Aber essen mussten sie ja doch, auch wenn die Königstochter so gar keinen Erwerb beherrschte, und so fragte ihr Mann beim Schloss nach einem Platz als Küchenmagd. Geld gab es keins, doch ihr Essen war bezahlt damit. Wann immer es ging, nahm sie mich mit auf das Schloss, auch wenn mein Kleid grau geworden war und nicht mehr festlich ausschaute. Ich glaube, sie brauchte eine Vertraute, die ihr Elend sah und sie aus der Zeit davor kannte.

Sie tat so die einfachste und schwerste Arbeit, aber es gab genug zu essen, und keiner schaute wie viel sie aß. Da ihr Mann ja auch satt werden sollte, änderte sie des Abends ihre Kleider, so dass innen ein kleiner Topf auf jeder Seite eingenäht war, den konnte sie mit Essen füllen, auf dass der Spielmann satt und zufrieden war. Die Arbeit war hart und schwer, tagaus, tagein, und wurde nicht leichter und schöner. Es gab nicht viel Gutes zu sehen und zu erleben für sie, das spürte ich wohl in meinem Puppenherz. Als dann die Hochzeit des ältesten Königssohnes gefeiert wurde, da stand sie in der Tür und schaute auf die Lichter und die ganze Pracht und Herrlichkeit. Sie sah traurig aus, als dächte sie an vergangene Zeiten, die sie mit Übermut und spitzer Zunge beendet hatte.

Mancher Diener hatte ein wenig Mitleid und gab ihr etwas von den guten Speisen, die sie hineintrugen, und sie bewahrte sie im Topf unter ihren Röcken für eine kleine arme Feier mit ihrem Mann am Abend.

Und so schaute und schaute sie und vergaß die Zeit, wie auch ich von meinem Beobachtungsplatz am Fenster schaute und das Fest bewunderte. Da kam auf einmal der Königssohn auf sie zu, herrlich anzusehen und prachtvoll gekleidet, sprach sie an, ob sie mit ihm tanze und als sie schüchtern die Augen hob, da war es Drosselbart. Sie wollte nicht recht, aber er zog sie hinein in den Saal und nur kurze Zeit später hörte ich etwas Fallen und Brechen und ein paar Frauen, die hinausgetreten waren, flüsterten: „Lauter Essen – unterm Rock – Topf zerbrochen" und eh ich mir noch etwas zusammenreimen konnte, rannte sie hinaus, das Kleid über und über beschmutzt mit Speisen, das Gesicht rot vor Scham, und sie rannte eilends die Treppe hinab.

Doch nach wenigen Schritten holte sie der Königssohn ab, nahm ihre Hand und führte sie gerade in die Ecke, in der ich saß.

„Mädchen", sagte er, „hab keine Angst, aus großer Liebe zu dir, habe ich so manches getan, um dich für mich zu gewinnen, dein Herz vom Hochmut zu befreien und dein Mann zu werden.

Siehe, ich bin der Spielmann, der mit dir in dem Hause lebt, und ich war der Husar, der alles zerbrochen hat. Vor allen Dingen bin ich aber der König Drosselbart, der dich in sein Haus holen möchte als seine Königin."

Da weinte sie noch mehr und antwortete: „Ich bin es nicht wert, deine Frau zu werden, habe dir auch großes Unrecht getan."

Er aber half ihr auf die Füße, gab sie einer Kammerfrau mit und nur kurze Zeit später kam sie wieder prachtvoll wie zu alten Zeiten und die Hochzeit, die gefeiert wurde, wurde ihr Fest. Es war auch ihr Vater zugegen, und es schienen alle eingeweiht, aber sie hatte zunächst ein tiefes Tal durchwandern müssen, ehe sie das große Glück in dieser Ehe sah.

Mich aber ließ sie auch in den nächsten Tagen reinigen und neu einkleiden, und ich sitze des Nachts in einem schönen Regal in ihrem Schlafgemach. Mein Platz ist nicht mehr auf ihren Kissen, denn da liegt ihr Mann, den sie auch nicht mehr Drosselbart nennt, wenn sie zusammen auf den Kissen flüstern.

Aber was dort geschieht, da ist eine Puppe stumm und verrät kein Geheimnis.

Dornröschen

Was lebt ihr doch in einer traurigen Welt, wo nur die Menschen reden und einander verstehen. Ihr glaubt vielleicht noch, dass eine Katze der andren Katze etwas zumaunzt, der Hund den anderen Hunden etwas vorheult oder die Bienen ihrem Volk eine Geschichte vortanzen… Da steht der Mensch grad daneben und denkt sich, die reden miteinander aber versteht gleich gar nichts. Bäume und Blumen aber sind stumm bei euch, so sagt man mir. Sie reden nicht, sie denken nicht, sie stehen nur und wachsen und blühen und vergehn.

Oh ihr Kleingläubigen, habt ihr keine Augen für die Wunder der Welt? Hat euch nie eine Rose mit ihrem Duft erzählt, wie wundervoll das Leben ist, habt ihr nie die starke Tanne im Schnee gesehen, die ihre Zweige unter dem Gewicht biegt, aber nicht bricht. Jedes Ächzen ruft da: „Seht her, ich lebe, kein Winter kann mich brechen, und ich muss nicht gleichwie die dummen Laubbäume im Winter schlafen und halb vergehn." Ahnt ihr die Sprachen der Pflanzen? Nun, wir denken auch, und so wie ihr die Gedanken der Vögel nicht versteht, wenn sie von der Lust des Fliegens sprechen, werdet ihr nie begreifen, welche Liebkosung die Sonne und der Wind uns sind und wie zärtlich die Biene über unsere Blüten fliegt.

Wir sind viele, und wir sind eins, denn eine Blume aus einer Wurzel, die spricht mit sich, auch wenn eine Blüte im Glas auf der Tafel glänzt und die andere draußen munter wächst. So haben wir Augen und Ohren gleich überall und viele von uns ein Leben länger als jeder Mensch.

Ich selbst bin ein herrschaftlicher Rosenstock, meine Blüten sind geliebt im ganzen Land, aber ich wachse direkt am Schloss, und so darf nur der König bestimmen, wen meine Blüten erfreuen sollen.

Der König aber, der hier herrschte, als ich noch jung war, der hatte im Salon seiner Königin jeden Tag eine frische Blüte von meinem Stamm, denn er sagte, nur mein Duft sei es wert, die Königin glücklich zu machen. Aber glücklich war sie nicht, weinte viel, und wenn der König bei ihr war, weinten beide manches Mal zusammen. Sie liebten einander sehr und waren schon lange Jahre ein Paar und hatten ein herrliches Reich – aber das größte Glück, das, wie man sagt, in jeder kleinen Köhlerhütte hausen kann, ein Kind, das hatten sie nicht...

Wie oft saß die Königin vor dem Spiegel, wo in einer Glasschale meine Blüte schwamm, genoss den Duft und träumte und weinte, und wenn der König kam, seufzten beide und sprachen nur davon, wie wunderbar es wäre ein Kind zu haben.

Sie hatte auch einen Badeteich neben meinem Stock unter der herrlichen Sonne, wo die Königin an heißen Tagen gern ein Bad nahm, und eines Tages, als sie dort saß und grad nichts tat, kam ein Frosch herzu, sprang an Land und versprach: „Dein Wunsch wird erfüllt, übers Jahr wirst du eine Tochter im Arm halten."

Es geschah, wie der Frosch gesagt hatte, und ein wenig übers Jahr, da kamen Gärtner und schnitten fast alle meine Blüten und schmückten den großen Saal. Dort war ein Fest wie es noch niemand gesehen hatte, die Königin saß auf einem Thron, neben ihr die Wiege und ungelogen, nicht einmal ich konnte mich mit der Schönheit des Kindes messen. Aber das Kind hatte ein wenig meinen Namen, Dornröschen haben sie es genannt. Der König hatte geladen, alle Freunde und Verwandte und auch die weisen Frauen, die dem Kind einen guten Segen auf den Weg geben sollten.

So ging eins nach dem anderen an der Wiege vorbei und zuletzt sollten am Ende der Feier die weisen Frauen dem Kind ein Geschenk auf den Weg geben. 13 weise Frauen gab es im Land,

und der König hatte sie oben an den Tisch gesetzt, wo auch er und die Königin saßen, und
sie sollten als Einzige im Lande von goldenen
Tellern essen, damit er zeigen konnte, wie er sie
wertschätzte. Aber der König hatte nur 12 goldene Teller, und wie hätte es denn ausgesehen,
wenn eine weniger geschätzt am Tische saß?
Also hatte der König lieber gleich nur 12 der
Frauen geladen und gedacht: zwölf Mal Segen,
das ist viel - auch für ein Königskind.

Als alle gegessen hatten, schritt jede der Frauen
zur Wiege und schenkte dem Kind: die eine Tugend, die nächste Schönheit, dann Reichtum
und viele schöne Geschenke mehr...

Elf hatten den Segen gesprochen, ich hörte es
gut von dem Ehrenplatz, den eine meiner Blüten am Kopf der Wiege hatte. Eh die Zwölfte
aber herantreten konnte, öffnete sich die Tür
des Saals mit einem so lauten Krachen, dass alle
Gespräche verstummten. Heran rauschte die
dreizehnte weise Frau, und die Wut stand in
ihrem Gesicht. „Wie hatte der König es wagen
können, mich so zu verletzen?", las ich in ihren
Augen. Sie trat herzu, schaute nicht rechts oder
links, ging nur zur Wiege, schaute hinein und
sagte mit einer Stimme scharf wie ein Messer:
„Im fünfzehnten Jahr da soll die Königstochter
sich an einer Spindel stechen und tot umfallen!"

Kaum gesprochen verließ sie den Saal wie sie gekommen war. Mit dem Segen oder Fluch der weisen Frauen aber war es zu der Zeit so, dass niemand ihn zurückholen konnte, und so trat die letzte Frau hinzu und tat was sie noch tun konnte: Sie sprach: „Ist aber nicht der Tod, sondern ein Schlaf von einhundert Jahren, in den die Königstochter fällt."

Trotzdem - die Freude an der Feier war dahin und kaum waren die Gäste gegangen, da zogen Boten durch das ganze Land, dass jede Spindel im Königreiche verbrannt werden sollte. So geschah es, und König und Königin hofften der Fluch sei gebannt.

Fünfzehn Jahre sahen wir alle, wie jeder Segen der elf weisen Frauen erfüllt wurde, denn das Kind wuchs heran, schön und klug, liebevoll und voller Tugend, dass es eine Freude war. Und wie der König der Mutter oft eine Rose geschenkt hatte, so hatte auch die Tochter manches Mal eine meiner Blüten an ihrem Kleid, als wolle sie zeigen, dass es noch andere Schönheit außer ihr auf der Welt gibt. Jeder hatte das Kind lieb, und alle Welt tat, was es sich wünschte. Es lief im ganzen Schloss hin und her und besah alles, was es fand, sprach mit Groß und Klein und lebte glücklich.

Auch kurz nach ihrem fünfzehnten Geburtstag, als ihre Eltern nicht zu Hause waren, streifte die Prinzessin wieder umher, besah Kammern und Stuben und stieg endlich auch auf einen alten Turm, den sie bisher gemieden hatte. Die Wendeltreppe war eng, und es war staubig dort, aber beherzt ging sie ganz nach oben, wo eine kleine Tür mit einem verrosteten Schlüssel darin zu finden war. So ging die Prinzessin hinein und fand im Raume eine alte Frau mit einer Spindel, die Flachs spann.

Heidewizka, wie lustig sprang die Spindel auf und ab, das hatte sie noch nie gesehen, sie trat einen Schritt hervor und ließ sich das lustige Ding von Nahem zeigen. Doch kaum hatte sie die Spindel in der Hand, stach diese zu, und der Zauber ging in Erfüllung.

Sie fiel hernieder und schlief fest ein und ward in ein Bett gebracht, denn an den Fluch wollte keiner so recht glauben. Kaum aber ruhte sie im Bett, da fielen nacheinander auch alle anderen Menschen im Schloss in einen Schlaf, zuerst die Eltern, die gerade zurückgekommen waren und dann der Hofstaat eins nach dem Anderen, die Tiere auch: Pferde im Stall, Hunde im Hof und die Tauben auf dem Dach. Selbst das Feuer, das im Ofen lustig brannte, schlief ein.

Nur ich selbst und die anderen Pflanzen mit mir, wir wurden nicht schläfrig. Stattdessen war ein Ziehen in meinem Stock, und wo ich sonst im Jahre eine Handbreit gewachsen war und zu einigen wenigen neuen Dornen und vielen Blüten mehr gebracht hatte, da wuchs jetzt in einer Stunde das gleiche Stück. So wuchs und wuchs ich, bis ich das ganze Schloss bis hinauf zur Fahne auf dem Dache mit einer dichten Hecke umschlossen hatte. Von Ferne und von Nahem war nur noch ich zu sehen, kein Schloss und kein Haus. Ich war auch nicht verwandelt, dass ich selbst etwas tun könnte und selbst entscheiden, wie mir geschah. Die Dornen waren viel größer und viel mehr als vordem, und sie standen wie Speere in allen Richtungen, das Schloss zu bewachen.

Unter den Menschen muss es bekannt gewesen sein, dass das schöne Dornröschen hier schlafe, denn selbst nachdem so viel Jahre vergangen waren, als keiner mehr lebte, der den König gekannt hatte, kamen immer wieder Königssöhne und andere junge Männer mit Schwertern und Äxten und konnten mich nicht überwinden. Meine Dornen waren stark und meine Triebe kräftig. Die klugen jungen Männer gingen geschlagen mit tiefen Kratzern und verletztem Stolz nach Hause, die Dummen aber verbluteten in meinen Armen. Ich aber wuchs und blühte und war stark wohl über die Zeit, die einer Rose normalerweise zuteil wird.

Nach vielen, vielen Jahren, in denen die Männer seltener und seltener kamen, erschien ein Königssohn vor mir. Er ritt nicht schnell herzu und schlug sofort heftig auf meine Triebe ein, wie die Männer vor ihm es getan hatten, sondern er kam mit Ehrfurcht und prüfendem Blick, dass er sehen konnte, wo ich seinen Vorgängern Wunden geschlagen hatte. Wie er aber näher geritten kam, muss gerade die Zeit des Fluches verflossen gewesen sein, denn meine Dornen drehten sich ganz von selbst so zur Seite, dass nur meine Blüten dem Königssohn entgegen sahen. So schritt er hindurch und hinter ihm wurde ich wieder undurchdringlich.

Er ging hinein langsamen Schrittes und sah und schaute, die Pferde schlafend im Hof und die Hunde daneben. Tauben auf dem Dach und Fliegen an der Wand in tiefem Schlaf. In der Küche, deren eines Fenster einer meiner Triebe zerbrochen hatte, saß die Magd mit einem halbgerupften Huhn im Schoss, und der Koch hatte den Löffel erhoben, dass man nicht wusste, wollte er die Suppe rühren oder den Lehrling damit schlagen.

Auch im Saal da lagen der Hofstaat und König und Königin, und er ging mitten durch die schlafende Schar hindurch und hielt nicht an. An der Kammer aber mit der kleinen Tür, da zögerte er kurz, öffnete die Türe dann und trat ein. Da lag Dornröschen, schön wie vor 100 Jahren, im schönen Kleid und mit meiner Blüte an ihrem Busen festgesteckt. Er trat ans Bett, sah sie und konnte nicht anders, als ihr einen Kuss geben, so schön war sie und so sehr hat sie sein Herz angerührt. Wie er aber ihre Lippen berührte, öffnete sie die Augen und schaute ihn ganz verwundert an. Dann stand sie auf und beide nahmen sich bei der Hand, gingen hinaus und in den Saal, wo der ganze Hofstaat sich räkelte und erwachte. Und alles erwachte zu der Zeit bis hin zu den Fliegen an der Wand. Die beiden aber, die sich gefunden hatten, die hielten am anderen Tage Hochzeit und meine Hecke wurde klein, denn viele, viele Rosen gab ich, um das Fest zu schmücken…

Das tapfere Schneiderlein

So ein großer Mann, so ein tapferer Held, schämen soll er sich und nicht groß tun! Heiß war
der Sommer, und doch war noch kaum reifes
Obst zu finden, das heruntergefallen und mir
und meinen Schwestern zur Lust zerplatzt war.
Flogen wir also die Dorfstraße auf und ab, hierhin und dorthin, ob wohl ein Schälchen Zucker
ohne Wache zu finden sei.

Die Menschen gingen ihren Geschäften nach,
dort saß der Schneider im Fenster und nähte
sein Tagwerk, hier lief die Bauersfrau, die einen
Korb zum Markte trug. Doch wie diese den
Schneider sah, rief sie „gut Mus, gut Mus" und
zeigte dem Mann ein paar Töpfe, die sie im
Korbe hatte. Der Schneider lehnte sich aus dem
Fenster und rief sie zu sich, meine Schwestern
und ich näherten uns dem Fenster, um mehr zu
schauen. Ein Weilchen später kam die Frau
keuchend von den Treppen hinein und hoffte
wohl mit leichtem Korbe und voller Tasche
wieder herunterzusteigen. Doch der Schneider
schaute alle Töpfe genau an, besah das Mus,
beroch es auch – ach, wie war der Duft köstlich
– und erbat ein paar Lot, höchstens ein Viertel-
pfund zu kaufen. Sie gab es ihm, aber glücklich
war sie nicht, als sie ging. Wir sahen wie der
Schneider aus dem Schranke das Brot nahm, ein

Stück abschnitt und es mit Mus bestrich. „Das soll mir Kraft geben", sagte er, „wenn ich dies Wams fertig genäht habe", und stellte das süße Brot auf den Tisch neben sich und setzte sich wieder ins Fenster.

Das war wie ein Kommando für mich und meine Schwestern, und wir flogen zum Brot und fingen gleich an, das köstliche Mus zu speisen, eh zu viele von uns dem Duft gefolgt waren und nichts mehr übrig blieb.

Der Schneider aber hatte das Brot nahe bei sich liegen und wedelte immer wieder mit der Hand darüber, uns zu verscheuchen. Mal spielten wir mit, flogen ein paar Meter und kehrten zurück, mal blieben wir gleich sitzen. Da ich eine der ersten gewesen war, gab ich den Platz frei, als zu viele meiner Schwestern herbeikamen und setzte mich lieber an die Wand und putzte meine Beine.

Der Schneider aber war des Wedelns wohl müde geworden und griff neben sich in einen Korb, nahm ein Tuch und schlug auf das Brot. Als er das Tuch herunter nahm, waren die meisten von uns geflohen, aber sieben hatte der unbarmherzige Mann niedergestreckt, die lagen tot im süßen Grab.

Der Schneider aber, als sei nichts gewesen, nahm einen Gürtel und nähte und stickte die

Worte darauf „Sieben auf einen Streich". Dabei lobte er sich selbst wegen seiner Tapferkeit und meinte die ganze Stadt, nein die ganze Welt müsse von ihm wissen. Ich aber blieb in der Nähe um zu schauen, was weiter geschehe.

So sah ich auch, wie der Schneider den Gürtel anzog, ein Tuch zum Bündel band und einen alten Käse hineintat und mit dieser Wegzehrung die Stadt zum Tore hinaus verließ. Ich aber flog mal vor, mal hinter ihm, und er sah mich nicht. Den Vogel aber sah ich, den er aus dem Gebüsch befreite und zu dem Käse in das Bündel legte. Und wie er so ausschritt und den Berg hinauf, da ward ich müde und setzte mich auf seinen Hut und ließ mich tragen.

Oben auf dem Berge aber saß ein Riese, der weit ins Land schaute, und weil der Schneider sich so tapfer dünkte, setzte er sich hinzu und redete mit dem Riesen von gleich zu gleich, lud auch ihn ein, mit ihm in die Welt zu gehen. Der Riese aber schaute ihn an wie eine Laus, die er zerquetschen könne, ward aber freundlicher, als der Schneider seinen Gürtel zeigte.

Sieben auf einen Streich, da dachte der Riese an Menschen und nicht an Fliegen wie mich und wollte schon sehen, ob der Schneider stark und mutig sei. So nahm der Riese einen Stein und drückte ihn in seiner Hand, dass Wasser daraus tropfte und forderte den Schneider auf dasselbe zu tun. Der aber war nicht dumm, nahm den Käse aus dem Tuch und zerdrückte ihn ohne Mühe mit einem Scherz auf den Lippen.

Das ward dem Riesen merkwürdig, und er nahm einen Kiesel und warf ihn so hoch, dass man ihn nicht mehr sehen konnte und es ein Weilchen dauerte bis der wieder herunterfiel. Der Schneider aber lachte nur, wollte einen Stein werfen, der gar nicht wieder käme und nahm den Vogel dafür. Ich flog ein Stückchen mit hinauf, als der Vogel die Freiheit spürte und kam dann wieder zurück, um zu sehen, was weiter würde. Da sagte der Riese: „Ein Splitterchen von deinem Stein kommt herunter, aber den ganzen Stein vermag ich nicht mehr zu sehen. Nun, du hast gezeigt, dass du wirklich Kraft hast, aber hast du auch Kraft, die zu etwas Nutze ist?"

Kaum gesagt brachte er den Schneider zu einem Eichbaum, der gefällt am Boden lag und wies ihn an, beim Tragen zu helfen. Wieder war der Schneider schlauer als der Riese, leitete diesen zum Stamm und versprach die schwere Krone zu tragen. Wie aber der Riese den Baum auf die Schulter genommen hatte, sprang der Schneider ins Geäst und ließ sich mittragen., hub auch noch an zu singen, als trüge er mit Leichtigkeit und Spaß den schweren Baum. Der Riese aber kämpfte mit dem sperrigen und schweren Trum und konnte sich nicht umwenden um zu schauen. Auch als ich ihm um den Kopf flog und ihm einflüstern wollte, er solle nach dem Schneider schauen, schüttelte er nur ein wenig den Kopf, um mich zu vertreiben.

Aber dann wurde ihm alles zu schwer und mit einem Seufzer ließ er den Baum von der Schulter gleiten. Der Schneider war wieder schneller, und als der Riese sich mit schmerzendem Rücken aufrichtete und umdrehte, da hatte der Schneider beide Arme im Baum, als habe er ihn bis eben gehoben. Tadelnd sagte er zu dem Riesen: „Und siehst doch richtig gross und stark aus…"

Ein kleines Stück weiter bei einem Kirschbaum an dem nur wenig Früchte schon gereift waren, wie ich enttäuscht sehen konnte, zog der Riese die Krone herab, um mit dem Schneider die Früchte zu teilen. Der griff auch beherzt zu, aber der Baum war stärker und warf den Schneider, als der Riese losließ, einmal über seine Krone in die Luft. Jetzt höhnte der Riese: „Bist doch zu schwach, wenn du diese schwache Gerte nicht halten kannst." Doch der Schneider war nicht maulfaul, zeigte auf den Gürtel und meine: „Glaubst du wirklich das ist eine Aufgabe für einen, der sieben mit einem Streich getroffen hat? Bin grad mal über den Baum gesprungen, weil ich die Jäger dort hinten besser sehen wollte. Mach es doch nach, wenn du es kannst."

Der Riese aber vermochte nicht über den Baum zu springen.

Es fiel ihm nur noch eine Möglichkeit ein, wie er des Schneiders Herr werden könnte, und solud ihn in die Riesenhöhle zur Nachtruhe ein. Da saßen viele Riesen mit ganzen gebratenen Schafen ein jeder, und es gab auch sonst allerlei zu essen, so dass ich mir den Bauch vollschlagen konnte. Die Riesen gaben dem Schneider ein Bett, doch dies war ihm so groß, so dass er sich lieber in einer Ecke einrollte und dort schlief. Ich aber setzte mich auf das Betthaupt, um dort die Nacht zu verschlafen und erwachte mitten in der Nacht von einem Erdbeben und großem Krach. Wie Fliegen es so tun, flog ich noch halb im Schlaf zu einer Wand, und wie ich mich herumdrehte, sah ich den Riesen mit einer Eisenstange neben dem Bette stehen, das zerborsten in zwei Teilen auf dem Boden lag. Er drehte sich achtlos um und sagte halb über die Schulter: „So, das müsste den Grashüpfer erledigt haben…."

Seine Kumpane knurrten Zustimmung und des Morgens ging die ganze Schar in den Wald hinaus und hatten den Schneider wohl ganz vergessen. Als sie dann wiederkamen und dieser lustig und verwegen um die Ecke schritt, da nahmen die Riesen Reißaus, hatten sie doch rechte Angst, er schlüge sie jetzt alle tot.

So zog der Schneider weiter und ich mit ihm, und wir kamen nach einer Weile zu einem Palast, in dessen Hof er sich zum Schlafen legte. Wie die Menschen seinen Gürtel lasen und sich darüber wunderten „Sieben auf einen Streich", da dachten sie, er sei ein großer Kriegsheld und schlugen dem König vor, ihn in Dienst zu nehmen für den Fall der Fälle. So geschah es, und der Schneider bekam eine schöne Wohnung und gutes Salär.

Der König hatte aber noch andere Kriegsleute, die wollten nicht neben dem Schneider dienen. „Was wenn Streit ist", sagten sie, „dann fallen sieben auf einen Streich", und sie erboten dem König aus dem Dienst zu gehen, damit er nur den Stärksten bei sich behalten möge. Der König wollte nicht um einen zu halten alle anderen verlieren, hatte aber auch Angst, dem einen den Abschied zu geben, dass dieser nicht aus Rache ihm oder dem Volke schaden würde. So sann er auf eine List bis ihm zuletzt eine Aufgabe einfiel, die ihm den Schneider vom Halse schaffen sollte.

Er ließ ihn zu sich kommen und gab ihm, dem großen Kriegshelden den Auftrag, zwei Riesen, die in einem Walde des Landes ihr Unwesen trieben, zu überwinden und zu töten. Wenn er dies bewerkstelligen könne und wolle, werde der König ihm ein halbes Königreich und die Hand seiner Tochter als Lohn geben. Das gefiel dem Schneider wohl und die 100 Reiter, die der König ihm als Unterstützung mitgeben wollte, lehnte er stolz ab: „Wer sieben auf einen Streich schlägt, fürchtet doch zwei nicht!"

So ritten die 100 Reiter nur ein Stück des Weges mit, und in den Wald selbst folgte nur ich dem klugen Schneiderlein. Auf dem Weg sammelte er sich die Taschen mit Steinen voll und fand dann bald die beiden Riesen schnarchend in tiefem Schlafe. Leise stieg er auf einen Baum in der Mitte und warf dem einen Riesen einen Stein nach dem anderen auf die Brust. Der wurde auch richtig wach und schimpfte mit seinem Gefährten: „Warum schlägst du mich, kannst du mich nicht schlafen lassen?"

Der zweite aber murmelte etwas von einem Traum und beide schliefen wieder ein.

Da nahm der Schneider sich den anderen Riesen mit seinen Steinen vor und gleich gab es denselben Wortwechsel nur mit vertauschten Rollen. Aber beide Riesen waren müde, und so ging der Schlaf ihnen über einen Streit. Nun nahm der Schneider den größten Stein, holte weit aus und warf ihn auf den ersten Riesen. Das brachte den in Wut, und beide Riesen tobten und schlugen sich, rissen Bäume aus, und am Ende lagen beide Riesen tot am Boden. Der Schneider stieg vom Baum, nahm das Schwert und setzte beiden Riesen noch sein eignes Zeichen auf die Brust. Dann ging er zu den Reitern und sagte fröhlich pfeifend: „Die Arbeit ist getan. Es war ein heftiger Kampf, auch ein paar Bäume hat es gekostet."

Glauben wollte das keiner, doch als sie die Riesen in ihrem Blut sahen mit den Schwerthieben im Körper und die entwurzelten Bäume darum herum, da schauten sie voll Ehrfurcht auf den Schneider.

So ritten denn alle miteinander zurück zum König, und ich flog munter nebenher. Den König aber hatte das Versprechen gereut, und er suchte noch andre Wege, den Schneider ohne Lohn aus seinem Reich zu schicken.

So sprach er mit dem Schneider: „Du als Held wirst ein guter Gemahl für meine Tochter werden, aber damit das Reich, von dem ich dir die Hälfte versprach nicht verkomme, sollst du mir und uns noch eine Tat vollbringen. In jenem andern Wald läuft ein Einhorn umher, das den Wald wohl verwüstet, fang mir das, dann kann sogleich die Hochzeit sein."

Der Schneider zuckte grad so mit der Schulter. „Ein Einhorn", sagte er, „das fürchte ich noch weniger als zwei Riesen - sieben auf einen Streich, das ist meine Sache."

Er ging los mit Strick und Axt und mir im Gefolge. Nicht lange und das Einhorn sah und roch ihn und kam auch gleich in aller Eile auf ihn losgerannt. Er aber behände sprang hinter einen Baum, und das Tier konnte nicht früh genug bremsen und bohrte das Horn mitten in den Baum. Jetzt nur noch den Strick um das Tier, mit der Axt das Horn befreit und schon konnte er dem König die gewünschte Beute bringen.

Aber der König verlangte noch ein Letztes: ein Wildschwein aus einem anderen Walde zu entfernen. Mir war es fast langweilig geworden, der Witz war nicht mehr neu und die Ideen des Schneiders gefielen mir zwar, der Mann aber war mir meiner sieben Schwestern wegen noch immer nicht so recht sympathisch geworden.

So ließ ich ihn allein mit Haken schlagen und Türen schließen das Wildschwein in einer Kapelle fangen.

Zuletzt hatte er so doch die Hand der Königstochter und das ganze Königreich erobert. Es
gab wohl ein großes Fest, ich kann nichts sagen
zu den Kleidern und den Tänzen. Aber es gab
einen ganzen Tisch mit Leckereien und eine
Schale mit Obst und Wein, da haben sich viele
meiner Brüder und Schwestern einen schönen
Tod gegönnt. Ich naschte hier, ich pickte dort
und war lang nicht so satt wie an jenem Abend.

Nun hätte ich den Schneider, dem unser Tod
Glück und Segen gebracht hatte, getrost alleine
lassen können, doch aus lieber Gewohnheit zog
ich dann auch in das Gemach des jungen Paares
mit ein.

Die junge Königin wusste nicht recht, was sie
von ihrem Manne halten solle, denn außer seinen Heldentaten hatte sie nichts über sein woher und wohin gehört. Im Schlafe aber sprach er
bisweilen, und so hörte sie eines Nachts, wie er
wie zu einem Lehrjungen sprach: „Junge, mach
mir den Wams und flick mir die Hosen, oder
ich will dir die Elle über die Ohren schlagen."

Sie erschrak sogleich, denn einen Schneider als
Gemahl und König, das ging ihr gegen die Ehre,
und des Morgens klagte sie dem Vater ihr Leid.
Der war ja auch nicht glücklich mit der Ehe und
plante des Nachts die Diener in das Schlafgemach zu senden, sie mögen ihn binden und auf

ein Schiff bringen, das ihn weit hinweg tragen soll.

Ich war nicht bei dem Gespräch, aber kurze Zeit später, als ein Waffenträger des Königs es dem Schneider erzählte, da saß ich in der Ecke und hörte gut zu.

Jetzt war ich wieder neugierig, wie er sich aus diesem Ärger winden wolle, aber er ging abends wie an jedem Tag ruhig zu Bett und tat alsbald, als sei er eingeschlafen. Da stand seine Frau auf und öffnete den Riegel der Tür, um die Diener einzulassen.

Gleich tat er, als redete er im Schlaf und sprach: „Junge, mach mir den Wams und flick mir die Hosen, oder ich will dir die Elle über die Ohren schlagen! Ich habe siebene mit einem Streich getroffen, zwei Riesen getötet, ein Einhorn fortgeführt und ein Wildschwein gefangen und sollte mich vor denen fürchten, die draußen vor der Kammer stehen?"

Die Männer vor der Kammer aber erschraken sehr, dachten an das, was sie selbst gesehen hatten und rannten aus dem Königreich davon. Keiner aber getraute sich mehr, den Schneider herauszufordern, so dass er König blieb für alle seine Tage. Ich aber nahm noch manchen guten Schmaus und dachte wohl: „So schlecht hab ich

es hier nicht getroffen, bei dem Helden, der sieben auf einen Streich traf…."

Rumpelstilzchen

Es gibt ja Häuser, da ist unsereins noch weniger gern gesehen, als in anderen. Aber wir finden unser Auskommen überall und eine Mühle, das ist eine Festtafel und ein großer Speisesaal. Die Menschen wollen uns verjagen und halten sich Katzen oder legen Gift, aber wir bekommen so viele Junge, dass wir das Rennen gewinnen. Von Zeit zu Zeit aber gibt es einen Menschen, der uns ansieht und nicht nur Angst um sein Brot hat, da können wir lieb und reinlich sein und uns schnell verbergen, wenn Gefahr kommt.

Ich wohnte in einer Mühle, klein und geschäftig, da gab es einen Müller und keine Burschen und Gesellen und war zwar Arbeit für den Mann, aber doch alles kärglich. War kein reicher Müller, wie man sie an den großen Mühlen trifft. Hatte nur grad sein Auskommen, er und seine Tochter. Die Tochter aber machte den Haushalt und war wohl anzusehen, und wie wenig Brot auch auf den Tisch kam, sie hatte immer ein paar Krumen für die Spatzen oder mich bei der Hand. So wurde ich ihr vertraut und sie nannte mich „Mein Mäuslein" und streichelte mir mit einem Finger über das Fell. Sie gab mir Brot, und ich schlief manches Mal in ihrer Schürzentasche. Aber der Vater hat sie uns nie erwischt. Denn der hielt sein Geld zusammen und wollte nichts verschenken. Träumte davon, eines Tages könnte ein Wunder geschehen, und er werde reich und wichtig. Damit sein Traum ganz gewiss erfüllt würde, sah er auf alles, was ihm gehörte und wachte eifersüchtig über jedes Ding und jedes Geldstück, das er weggeben musste. Immer wieder hatte er gute Ideen, aber keine brachte ihm den Erfolg seiner Träume. Wie die Arbeit ihm auch nicht weiterhalf, da hat er sich eine Geschichte gedacht, die seiner Tochter leicht hätte Schaden zufügen können.

Eines Tages da kam der Vater ganz aufgeregt herein, hieß sie ein Bündel packen und zum Schlosse gehen. Er habe dem König versprochen, dass sie Stroh zu Gold spinnen könne. Was schlief sie schlecht in dieser Nacht und machte sich große Sorgen. Ich aber blieb bei ihr und kam in ihrer Schürzentasche mit auf das Schloss. Sie wurde in eine Kammer geführt, die bis obenhin voll mit Stroh war, stand auch ein Spinnrad drin und eine Haspel wie um Flachs zu spinnen. Aber der König wollte seine Macht zeigen und ließ dem armen Kind sagen: „Bis morgen ist Zeit, wenn bis morgen nicht alles Stroh zu Gold geworden ist, dann musst du sterben."

So kam sie in die Kammer, und ich sprang gleich in eine Ecke und erforschte den Raum. Sie aber saß auf dem Stuhle und weinte bitterlich. Da öffnete sich eine kleine Tür grad an der Seite des Raumes und ein kleines Männchen kam herein und fragte sie nach woher und wohin und warum sie wohl weine. „Ach", sagte sie, „ach, ich werd wohl sterben müssen morgen, denn der König will, dass ich die ganze Kammer Stroh zu Gold spinne, und ich verstehe das nicht." Das Männchen aber schaute sie treuherzig an und sagte: „Ich kann es wohl, was gibst du mir dafür?" Da nahm sie ihr Halsband und gab es dem Männchen. Es wurde eine unruhige Nacht für mich, denn das Rad schnurrte und aus schönem weichem Stroh wurde Gold und Gold und Gold. So rannte ich hierhin und dorthin und legte mich am Morgen in die Schürze der Müllers-tochter zum Schlafen. Sie war vor Erschöpfung eingeschlafen, weil sie so viel geweint hatte und wurde vom ersten Strahl der Sonne wach, als das Männchen die letzte Spule mit Gold in die Ecke legte und wieder durch die kleine Tür verschwand. Kaum war es weg, ging schon die Vordertür auf und der König besah sich, was sie gefertigt hatte. Die Geldgier stand ihm in den Augen und statt sie mit einer kleinen Belohnung nach Haus zu lassen, führte er sie und damit uns beide in einen noch viel größeren Raum voll Stroh. Wieder gab er ihr nur eine Nacht Zeit und drohte mit dem Tode. Wieder weinte sie und wieder kam das Männchen und erbat sich ein Geschenk als Lohn. Den Ring von ihrem Finger, das war alles, was sie ihm geben konnte, aber dem Männchen war alles recht, und es arbeitete wie in der Nacht zuvor.

Doch auch dies war dem König nicht genug, und er gab ihr die letzte große Kammer voll Stroh zur Aufgabe. „Wenn du dies schaffst, schöne Müllerstochter, dann mache ich dich zur Königin, und dann wirst du nie wieder spinnen müssen", sagte der König. „Wenn nicht, dann ist dein Leben verwirkt." So ging er wieder und alles ging wie die Nächte zuvor – nur hatte sie nichts, was sie dem Männchen geben konnte. Kein Ring, kein Halsband, kein Tuch, nichts war ihr geblieben. Doch ohne Lohn wollte es nichts tun und forderte: „Versprich mir, wenn du Königin bist, dann gibst du mir dein erstes Kind."

Schweren Herzens versprach sie es und alles kam wie es sollte, die Kammer voll Gold, die Hochzeit eine Pracht, genug zu essen für die geladenen Gäste und für mich und meine Verwandschaft auch...So kam ich denn in ein Schloss zu wohnen, lernte das woher und wohin, wo es Speck gab und Brot und wo die Fallen standen und welche Wege die Schlosskatzen nicht laufen konnten.

So verging ein Jahr, und zur Geburt des ersten Kindes gab es wieder ein großes Fest.

Nach dem Fest ging ich, das Kind zu besehen, denn ich war doch eigentlich die einzige Mitgift, die die Königin aus ihrem Elternhause mitgebracht hatte, so wollte ich dem Kind auch meinen Segen geben.

Ich kam in die Kammer, sah Mutter und Kind und wollte herzutreten, da ging die kleine Türe in der Wand auf, und das Männchen trat ein und verlangte den versprochenen Lohn. Die Königin aber bat und flehte, versprach Reichtümer aller Welten und was immer das Herz des Männleins begehren könnte, aber er wollte nur das Versprechen eingelöst und lieber das lebendige Kind als Geld und Reichtum bekommen. Sie weinte und jammerte, bis er ein klein wenig ein Einsehen hatte und ihr einen Handel anbot: „Drei Tage habe ich gesponnen, drei Tage gebe ich dir Zeit, wenn du dann meinen Namen weißt, ist das Versprechen erfüllt, und das Kind bleibt dein."

„So schwer kann das nicht sein", dachte die Königin und fragte weise Menschen von nah und fern, welche Namen sie wüssten. Am ersten Tage nannte sie ihm Namen, wie sie in allen Städten und Dörfern zu finden sind: Hans und Kurt, aber auch Caspar und Melchior und alles, was ihr und den weisen Menschen eingefallen war. Doch bei jedem Namen sagte das Männlein: „So heiß ich nicht." Am Ende ging es unverrichteter Dinge und versprach den nächsten Abend wieder zu kommen.

Am zweiten Tage aber, als ihre Boten schon nah und fern nach fremden Namen suchten, nannte sie dem Männlein alle fremden Namen, die je einer gehört hatte:

Rippenbiest, Hammelswade, Schnürbein, aber es blieb dabei: „So heiß ich nicht."

Am dritten Tag aber kam ein Bote zurück, hatte nicht einen Namen gefunden, aber eine merkwürdige Begegnung gehabt.

In einer kleinen Hütte mitten im Walde, so erzählte er der Königin und mir, die ich unter einer Ecke der Babydecke ein warmes Plätzchen gefunden hatte, da war ein Feuer, und um das Feuer hüpfte ein kleines merkwürdiges Männlein und sang und schrie:

„Heute back ich, morgen brau ich, übermorgen hole ich der Königin ihr Kind; ach, wie gut ist, dass niemand weiß. dass ich Rumpelstilzchen heiß!"

So atmetet die Königin wohl auf, und als das Männlein des Abends kam, da fragte sie nur kurz: „Heißt du Hinz? Heißt du Kunz? Oder heißt du etwa Rumpelstilzchen?"

Da sprang das Männchen auf und trat auf den Boden, dass es bis zum Bauche einsank und schrie: „Der Teufel hat dir das gesagt, der Teufel hat dir das gesagt." Sprach es und riss sich selbst mit beiden Händen in zwei Teile auseinander.

DIE SECHS SCHWÄNE

Wie singt man so schön im Lied: War einst ein kleines Waldvögelein.... So singen die Menschen. Wir aber, die wir im Walde fliegen, bauen unsere Nester, ziehen die Jungen groß und haben reichlich Müh und Arbeit alle satt zu bekommen.

Wir fliegen frei durch den Wald, und wir warnen eins das Andere, wenn jemand auf Beutefang ist: die Eule des Nachts und der Falke bei Tag. Wir sind geschäftig und aufmerksam und eins hilft dem Anderen, denn wir wissen, wenn ich nicht helfe, holt mich vielleicht der Falke, weil die Anderen auch nicht helfen...

Die Menschen aber, die in unseren Wald gehen, die sind groß und laut und mächtig, die gehen, als brauchten sie niemanden und machen einen Krach, dass jeder, der stören könnte, eilig verschwindet. Sie jagen das Wild, wohin es läuft, Reh, Hirsch und Wildschwein und wohl auch den Fasan und rennen und laufen und reiten hinterher, wenn diese davoneilen.

So war es auch damals, als der König des Landes der Beute folgte, nicht schaute und tief in unseren Wald ritt, bis er ganz allein war und nicht mehr wusste, woher er gekommen war. Wohnte eine alte Frau dort mit ihrer Tochter, die waren leise wie Waldbewohner, aber gefährlich. Wenn auch die Menschen aus dem nächsten Dorfe von einer weisen Frau sprachen, so haben andere über sie geweint und sie verflucht und ihr ganz andere Namen gegeben. Der König aber kam an ihre Hütte, als er keinen Ausweg aus dem Walde fand, sprach mit ihr wohl über das woher und wohin und erbat die Hilfe für den Weg hinaus.

Die Hexe aber gab nichts für nichts und hatte sogleich einen Handel im Sinne: „Unter einer Bedingung tue ich das gern,denn wenn ich es nicht tue, sterbt ihr am Hunger und findet niemals den Weg hinaus." - „Ich habe eine Tochter", fuhr sie fort, „so schön wie eine nur sein kann, die nehmt zur Gemahlin, dann zeige ich euch den Weg." Der König ging hinein in die Hütte, das sahen wir wohl, aber als sie zusammen herauskamen und er sie mit allen Zeichen der Ehrerbietung auf sein Pferd hob, sah ich das Grauen und die Angst in seinen Augen aufglimmen. Die Alte aber wies ihm den Weg, und sie werden wohl Hochzeit gehalten haben.

In einem anderen Teil unseres Waldes aber gab es ein einsames Schloss, das der König schon immer von Mal zu Mal besucht hatte. Er war dort gern mit seiner ersten Gattin, der Mutter seiner Kinder gewesen, die war gestorben. Oft waren sie dorthin gereist, auch wenn das

Schloss für Menschen nur mit einem Wunder-
garn zu finden war, das den Weg zeigte. Wir
Vögel aber brauchen solche Hilfe nicht, und ich
kenne den Weg dorthin gut und die schöne
Quelle daneben, in der ich so gerne bade. Kurz
nach dem Besuch im Walde, wo er die neue
Frau gewonnen hatte, kam der König zu dem
Schloss, mit seinen sieben Kindern. Sechs Knaben und ein Mädchen waren dies, und er hatte
wohl Angst, die neue Königin könnte ihnen das
Leben schwer machen. Er aber kam oft zu seinen Kindern in diesem abgelegenen Schloss,
und nur ein oder zwei Diener begleiteten seinen
Wagen. Die Kinder kannten es nur, dass der
Vater zu Besuch kam und so rannten sie freudig
hinaus, wenn sie den Wagen auf dem Weg hörten. Eines Tages aber, als ich gerade an der
Quelle badete, war nicht der König darin, sondern die Königin. Im Wagen neben ihr einer der
Diener ihres Mannes, der hatte einen dicken
Geldbeutel am Gürtel hängen und vor der Kutsche lief das Garnknäuel, das den Weg wies.
Hatte sie den Diener gekauft und das Garn
entwendet? Nun war ich gespannt, was noch
kommen sollte. Die Kinder aber liefen ihr, dem
vertrauten Wagen und dem vertrauten Mann
auf dem Kutschbock entgegen. Sie aber lehnte
sich aus dem Fenster und sprach einen Spruch

und warf kleine weißseidene Hemden auf die Kinder. Die hatten einen Fluch oder Zauber darinnen, denn sobald ein Hemd ein Kind berührte, wurde es zum Schwan und erhob sich in die Luft und flog davon. Als das letzte der Kinder gegangen war, kehrte die Königin zurück und sah heiter vergnügt aus.

Am nächsten Tage kam der König und fand keinen seiner Söhne, die Tochter aber, die war am Tage zuvor nicht hinausgelaufen und erzählte, sie habe aus dem Fenster geschaut und die Schwäne über den Wald hinwegfliegen sehen. Sie zeigte ihm auch die Federn, die im Hofe gelandet waren, aber sie sagte nicht, dass die Stiefmutter es gewesen war, die die Brüder verzaubert hatte. Der König hatte Angst um das Mädchen und wollte sie eilig zu sich nehmen, aber das Mädchen in seiner Angst bat um eine letzte Nacht im Haus.

Der Vater wollte am Morgen kommen, um sie abzuholen, aber des Nachts hatte sie das Bündel gepackt und war losgelaufen, um die Brüder zu suchen. Auch ich hatte nichts Besseres zu tun, also flog ich ihr nach um zu schauen. Sie ging, bis sie zu müde wurde um weiterzugehen, fiel zu Boden und schlief ein und ebenso den anderen Tag und den dritten. Dann aber sah sie eine Wildhütte mit einer Stube mit sechs Betten, und sie legte sich unter eins davon, um die Nacht dort zu verbringen.

Wie sie sich aber gerade mit ihrem Bündel zusammenrollte und ich mich auf ein Fenstersims setzte, kam ein Rauschen und durch das Fenster flogen sechs Schwäne herein. Sie landeten, sahen eins das andere an und in einem Atemzug zogen sie die Schwanenhaut ab, wie ein Kleid. Wie das Mädchen sie sah, kam es unter dem Bett hervor, die Brüder zu umarmen. Es war eine rechte Freude für einen Augenblick, dann aber schauten die Brüder sich voll Angst an und warnten die Schwester:

„Wir können nur eine Viertelstunde des Abends den Schwan ausziehen und Menschen sein. Hier aber ist es nicht gut für Dich, denn in dieser Herberge schlafen oft Räuber und die sind zu gefährlich für dich. Geh zum Vater und lebe dein Leben, uns ist nicht zu helfen." „Ach", sagte das Mädchen, „kann denn niemand etwas tun, um euch zu erlösen?" „Das ist zu schwer, das kann keiner tun, denn sechs Jahre kostet es, in denen du nicht sprechen und nicht lachen darfst. Nähen musst du in der Zeit, ein Hemd für jeden von uns aus den wilden Blumen des Waldes. Nur wenn die Hemden fertig sind und die sechs Jahre vergangen, können wir erlöst werden. Aber ein Wort oder Lachen und wir sind für alle Zeit verflucht." Und der Bruder drehte sich und seine Brüder mit ihm, da waren es wieder Schwäne und flogen aus dem Fenster. Das Mädchen aber ging fort aus der Hütte tiefer in den Wald, wo die rechten Blumen wachsen. Ich flog zu den Meinen und lebte dort, wie es die Art eines Vogels ist. Von Zeit zu Zeit aber, wenn es keine Pflichten gab, dann schaute ich, wie es dem Mädchen ergangen war. Wenn ich sie sah, hatte sie lauter Blumen um sich, nähte und hatte Niemanden, der mit ihr reden oder lachen konnte. Aber nach einiger Zeit kam eine Jagdgruppe mit einem anderen König, dem gefiel das schöne schweigende Mädchen sehr. Er fragte sie in vielen Sprachen und keine Antwort kam über ihre Lippen. Aber wie sie so vor ihm stand, gerade und fest der Blick und schön anzuschauen, da hat er sich wohl in sie verliebt, denn er nahm sie mit sich und hat sie wohl auch zur Frau genommen.

So flog ich jetzt immer einmal wieder zu dem Schloss am Waldrand, in dem sie mit dem König und seiner Mutter lebte. Die war aber nicht zufrieden mit der Braut ihres Sohnes, und ich habe sie mehr als einmal böse Worte über sie sagen hören. Da das Mädchen aber um der Brüder willen schwieg, konnte sie nichts sagen, saß nur still und nähte weiter. Es kam wie es kommen musste, ein Jahr nach der Hochzeit gebar sie einen Sohn. Was für ein Geschrei Menschen doch um ein Kind machen, wenn wir so ein Spektakel machten, da wüssten Marder und Falke sofort, wo ein Festmahl zu holen ist. Ich habe es aber gesehen, sie lag in ihrem Bett im Kindbett und die Wiege daneben. Die alte Königin aber kam herein, nahm das Kind und tat Blut in die Wiege und auf das Gesicht der schlafenden jungen Mutter. Als abends der junge König, ihr Sohn zurückkam, schrie sie von Mord und Menschenfresserei, aber der wollte es nicht glauben. Sie wollte ihre Schwiegertochter vertrieben oder besser tot sehen und tat dasselbe beim zweiten und beim dritten Kind.

Der König versuchte alle zu beruhigen, aber so ganz ohne Verteidigung glaubte nach dem dritten Kind niemand mehr der jungen Königin. Er konnte so oft er wollte betonen: „Sie ist zu fromm und gut, das würde sie niemals tun", er musste doch ein Gerichtsurteil über sie hinnehmen.

Das Gericht aber glaubte der Schwiegermutter, und so sollte die junge Königin verbrannt werden. Der Scheiterhaufen war schon aufgestapelt, sie aber hatte sich erbeten, die Hemden, an denen sie genäht hatte, dorthin mitzunehmen. Ich habe es nicht gezählt, aber es war wohl das sechste Jahr vergangen, seit ihre Brüder verwandelt waren. Es fehlten noch wenige Augenblicke, als der Scheiterhaufen entzündet wurde und genau da flogen die Schwäne auf sie zu. Sie warf ihnen die Hemden zu, und als diese die Schwäne berührten, trugen sie das Hemd statt der Schwanenhaut im selben Augenblick. Da könnte ich sehen, dass am letzten Hemd noch der Ärmel gefehlt hatte und so hatte der kleinste Bruder nach der Verwandlung einen Arm und einen Schwanenflügel. Sie aber rief mit lauter Stimme: „Jetzt darf ich sagen, was mich rechtfertigen kann." Und man band sie los, sie umarmte erst die Brüder und dann ihren Mann und erzählte diesem vom Fluch an den Brüdern, und dass seine Mutter die Kinder mitgenommen und versteckt hatte. Man suchte und fand diese, und auf den Scheiterhaufen, der munter brannte, kam die Mutter des Königs.

Ich aber flog davon um meine Kinder zu füttern und mit den Meinen zu fliegen, doch ich denke auch der König, seine Frau und ihre Brüder werden nun ein gutes Leben gehabt haben.

Der Zaunkönig

Heute nehmen nur noch die Menschen Worte wichtig, wir reden mit Gesang und Geschrei und selten, sehr selten ist ein Wort vonnöten. Damals war es, als es eine Unruhe unter uns gab, denn viele hatten sich in den Kopf gesetzt: „Wir brauchen einen König, wie die Menschen einen haben."

Ein jeder wollte das ehrenvolle Amt, ein jeder wollte unser König sein. Der starke Adler, die Lerche mit ihrem Gesang, der Specht mit seinem harten Schnabel, die Eule und die Krähe und der Kuckuck, der hatte ja viel freie Zeit, weil er sich um die eigene Brut nicht kümmern musste. Auch der eine oder andere von uns Spatzen dachte: „Es ist gut König über alle Vögel zu sein." Mir war das egal, und ich stellte mich neben die große Schar, die König werden wollte. Der eine sagte dies, der andere das und jeder lobte sich, damit wir alle nur ihn als König haben wollten. Das Rotkehlchen zeigte seine rote Brust und der Adler die mächtigen Schwingen, der Hahn sprach von der Anzahl der Eier, die seine Hennen legten, kurz es war ein großes Hin und Her. Auch ein kleiner Vogel, dessen Name ich nicht wusste, wollte König werden.

Wie sie sich so nicht einig werden konnten, da schlug einer vor, einen Wettstreit zu machen, und da eigentlich alle sehr viel von ihren eigenen Flugkünsten hielten, da war schnell ein Wettziel gefunden. Der Vogel, der am höchsten fliegt, der sollte König sein!

Es war prachtvoll anzusehen, wie sie alle losflogen, eins neben dem anderen, groß neben klein. Zuerst kamen manche kleine Vögel zurück, ihre kleinen Flügel hatten nicht mehr genug Kraft gehabt. Dann kamen die Rabenvögel und die kleineren Greifvögel eins nach dem anderen und alle sagten, der Adler, der fliegt immer weiter hinauf.

Die größeren Greifvögel aber waren noch oben und nur etwas unter dem Adler. Sie haben es dann erzählt, wie es weiterging. Der Adler wäre ein wenig müde geworden und wollte wieder nach unten kommen, sie hätten auch wohl ihm die Königswürde zugerufen und gesagt: „Keiner ist höher geflogen als du!"

Da kam zwischen seinen Brustfedern ein kleiner Vogel hervor und flog aufwärts. Der Adler aber war müde und konnte ihm nicht folgen. Die ganze zersauste Schar kam herunter, erzählte, was geschehen war und wollte uns das Ganze entscheiden lassen. Der kleine Vogel aber ließ uns alle gar nicht denken und rief nur immer und immer wieder „König bin ich, König bin ich".

Da wurden wir zornig, denn Betrug und Ränkespiele mögen auch wir nicht! Die Frage nach dem König war vergessen, aber der kleine Schreihals, der sollte noch ein Urteil am nächsten Morgen zu hören bekommen. Wir sperrten ihn in ein kleines Loch ein und setzten die Eule davor ihn zu bewachen.

Die hat das wohl auch einen Teil der Nacht gut und aufrecht getan, aber dann hat sie, wie es Eulen manchmal tun, ein Auge ausruhen lassen, und dann das andre Auge und dann wohl beide zugleich. Da ist uns der Täter entwischt, und wir konnten kein Urteil fällen.

Weil aber das Gericht am nächsten Tage sowieso erschien, wollten wir eine Strafe ausrufen. Aber der kleine Vogel versteckt sich seit diesem Tage gut, schreit nur „König bin ich", und wir nennen ihn im Scherz den Zaunkönig.

Die Eule aber, die ihre Pflicht so vernachlässigt hat, die hat Angst und ist wütend. Sie mag die kleinen Löcher nicht, wie sie eins bewacht hat, deshalb fängt sie Mäuse und anderes Getier, das aus kleinen Löchern kommt. Und weil sie nachts nicht wachte, so jagt sie heute nachts und tut kein Auge zu.

Die goldene Gans

Unsere Geschichte wird heute immer so erzählt: Es war ein Mann, der hatte drei Söhne… aber das ist falsch, falsch, dumm und unverschämt, denn mein Vater hatte zwei Söhne, dann mich, seine Tochter und dann meinen kleinen Bruder, den die Großen immer Dummling nannten. Mutter war auch da, und Mutter hätte es gern gehabt, wenn ich zu Hause bleibe und kochen und backen lerne und nähen und was für merkwürdige Tugenden die Welt der Frauen sonst noch zu bieten hat. Ich aber war grad so neugierig auf die Welt wie meine Brüder, und wenn die beiden Großen den Kleinen zu sehr ärgerten, dann war ich oft in der Nähe und hab aufgepasst. Aber ich war nicht zum Wächter bestellt, ich bin auch selbst allein durch den Wald und in die Gegend gelaufen. Schauen, was die Männer zu sehen kriegen und aufpassen, dass sie mich nicht einfangen und in die Welt der Frauen einschließen. So ging es, als meine Brüder klein waren und jetzt, wo sie groß sind und ich auch, bin ich halt nur neugierig und schaue schon einmal mehr als die anderen Mädchen und Frauen.

Mein großer Bruder sollte Holz hauen, und die Mutter hatte ihm ein Festessen gemacht, dass er es gut habe und genug Kraft bei der Arbeit. Ich

hab das Bündel selbst gepackt, Wein und Eierkuchen, und weil zu Hause so schöne Sachen
wie Wäsche waschen anstanden, hab ich mir
einen Kanten Brot vom Frühstück genommen
und einen Apfel vom Baum und bin ihm ein
Stück weit gefolgt.

Wie er so in den Wald kam, trat ihm ein kleines
altes Männlein in den Weg und fragte nach dem
Woher und Wohin. Er gab eher mürrisch Auskunft, wie es so seine Art ist und ward sehr ungehalten, als das Männlein um ein Stück vom
Kuchen und einen Schluck Wein bat. Dachte
wohl, dass es für ihn nicht reiche, der Geizhals,
und drehte sich um und ging weiter. Ich aber
lief zurück, ehe es zu viel Ärger gab. Wie er
wiederkam sehr kurze Zeit danach mit einem
Fetzen Stoff um den Arm, war der ganz rot,
denn die Axt war ihm nicht ins Holz, sondern
in den Arm gefahren. So hatten wir kein Holz,
nur einen kranken Bruder daheim.

Den anderen Tag ging der mittlere Bruder in
den Wald, genauso fein ausgestattet wie der
Große, und auch ich lief wieder ein Stück weiter
hinter ihm her.. Er wollte im Wald noch andere
Männer treffen, deshalb versteckte ich mich
noch besser. Richtig, am Eingang des Waldes
kam dasselbe alte graue Männlein und bat wie
am Tag zuvor um Kuchen und Wein. Dieser

Bruder hatte schon ein wenig Höflichkeit gelernt und ging nicht einfach davon – aber er war nicht freundlich und so murmelte er: „Was ich dir gebe, das fehlt mir nachher, geh doch deiner Wege." Dann eilte er zu seinen Kumpanen ins Holz zu kommen. Ich aber schlich zurück, schaute hier und da, und als ich daheim angekommen war, da waren die Kumpane meines Bruders zurück und trugen ihn, denn die Axt hatte ihm das Bein verwundet. Wieder kein Holz und nur noch der kleine Bruder daheim.

Dummling sprach den Vater an und bat: „Lass mich die Arbeit tun und Holz hauen", aber Vater blieb hart und sagte: „Du kannst es nicht, und deine Brüder, die es können, haben schon Schaden genug." Wie er aber immer mehr bat, so gab der Vater nach und wollte ihn aus Schaden klug werden lassen. An dem Tag wollte Mutter die große Wäsche machen, und ich sollte den ganzen Tag mitarbeiten. Da dachte ich bei mir: „Es gibt gleich nichts, was mir weniger Freude macht. Ärger habe ich so oder so. Wenn ich wegbleibe wegen Faulheit, wenn ich arbeite, weil ich träume oder nicht gut genug bin. Da will ich ein wenig Spaß haben und sehen, wie es im Wald ist und Spaß und Ärger ist allemal besser als Arbeit und Ärger."

Mutter aber hatte für Dummling keinen feinen Eierkuchen gebacken, sondern nur den Aschekuchen, den für alle Tage, und Wein gab es auch nicht, nur saures Bier. Aber mein Bruder ging guter Dinge los, ich hinterdrein und wie er das Männlein traf, entschuldigte er sich, dass er nichts Gutes zu teilen hätte. „Nur Aschekuchen und saures Bier!", setzte sich aber sogleich und wickelte seine Vorräte aus, um sie zu teilen. Wie er den Kuchen aus dem Tuch nahm, ich habe es genau gesehen, da war keine Asche daran, da war es ein Eierkuchen, so fein wie der seiner Brüder. Auch beim Bier verzog keiner der Beiden ein Gesicht, sie tranken, als sei es guter Wein. So aßen und tranken sie sich satt. Und zum Abschied grüßte das Männlein, dankte für Speis und Trank und das gute Herz und versprach: „Ich will dir Glück geben, dort der alte Baum, hau ihn ab und zwischen den Wurzeln findest du etwas."

Dummling ging so guter Dinge an die Arbeit und unter den Wurzeln saß ein Vogel, dessen Federn glänzten und glitzerten in der Sonne. Ich schlich näher heran und sah, es war eine Gans und die Federn waren aus Gold. Mein Bruder ging weiter aus dem Wald zu einem Wirtshaus in der Nähe und wollte dort schlafen, denn es war spät geworden. Der Wirt dort hatte drei dumme und eitle Töchter, die waren das Brot nicht wert, das sie aßen. Schön musste alles sein und glitzern, dann gefiel das ihnen.

Mein Bruder setzte sich in die Gaststube, zahlte seinen Groschen für eine Nacht in der Stube und ließ die Gans bei dem anderen Federvieh schlafen. Ich habe mir dort auch eine Nische mit Heu gepolstert und mich dort schlafen gelegt. Kaum war er entschlummert, ging die Türe auf und die älteste Wirtstochter kam herein, schlich zu der Gans und wollte eine der schönen Schwingen am Flügel ausreißen. Wie sie die Feder aber berührte, konnte ihre Hand nicht vor und zurück, sondern blieb wie festgeklebt an der Feder hängen. Sie sah so richtig schön erschrocken aus, doch gleich darauf öffnete sich die Türe erneut und ihre jüngere Schwester schlich herzu. Auch sie wollte wohl eine Feder stehlen und auch sie konnte die Hand nicht mehr von der Gans nehmen, als die Jüngste hereinschlich. Die Schwestern machten ein Gezeter, sie solle wegbleiben, aber dumm wie alle drei waren und gierig, hatte auch diese nichts Besseres zu tun, als zuzufassen und kleben zu bleiben. Wie habe ich da in mein schönes sauberes Heu gelacht, denn die drei mussten in der Nacht da liegen, wo das Geflügel den meisten

Dreck macht und wenn die Gans zur Seite ging, mussten sie aufstehen und mitgehen.

Brüderchen kam morgens, schaute nicht überrascht, nahm nur seine Gans und ging und alle drei Mädchen mussten hinterher. Das war ein Anblick, er mit der Gans und seinen langen Beinen und die Mädchen eilig dahinter, die Hand zur Gans gestreckt. Ich lief weiter, um nichts von dem Spaß zu verpassen und freute mich, als unser Pfarrer ihnen in den Weg kam und sein übliches Gezeter um die Moral der Mädchen losließ.

„Schämt ihr Euch nicht, dem Burschen so hinterherzulaufen", wetterte er und griff nach der Hand der jüngsten Schwester, um diese wegzuziehen. Hätte er besser nicht tun sollen, sie war genauso klebrig wie die Gänsefedern, und es war ein schönes Bild, wie unser stolzer Herr Pfarrer an der Hand des Mädchens hinterherstolperte. Einen kurzen Moment später lief der Küster der verrückten Bande über den Weg und mahnte den Pfarrer, die Kindstaufe am selben Tage nicht zu verpassen, wollte am Ärmel des Talars zufassen und gehörte sogleich ebenfalls zu der lustigen Schar. Dumm alle miteinander, denn statt den Atem zu schonen und einfach mitzulaufen, forderten Pfarrer und Küster ein paar Bauern auf, sie doch loszumachen. Schon waren es sieben, die unserem Dummling und seiner Gans folgen mussten.

In der nächsten Stadt aber, da gab es einen König mit einer Tochter, die nie lachte, wie man uns erzählt hatte. Der König hatte versprochen, wer immer seine Tochter zum Lachen bringen möge, der solle sie zur Frau bekommen. Dummling hatte wohl davon gehört und brachte seine Gans und die lustige Schar dorthin.

Den Rest der Geschichte musste er mir dann doch erzählen, denn wenn ich noch mit zur Stadt gelaufen wäre, soviel Ärger hätte ich in zehn Jahren nicht haben mögen.

Mein Bruder erzählte mir später, in der Stadt habe die Königstochter tatsächlich sofort laut losgelacht, als sie ihn mit der Gans und deren Gefolge vorbeigehen sah.

Der König aber wäre nicht glücklich gewesen, dass ausgerechnet er, Dummling, des Königs Schwiegersohn werden solle. So habe er versucht, das zu ändern und wollte meinen Bruder loswerden. Er dachte sich, wer Dummling heiße, der passe nicht in des Königs Haus. Der König befahl meinem Bruder also, ihm vor der Hochzeit einen Mann zu bringen, der einen ganzen Keller Wein leer trinken könne. Mein Bruder kannte viele durstige Männer, aber bei der Aufgabe fiel im sogleich das Männlein ein, und er ging hinaus in den Wald zu der Stelle, wo er die Gans gefunden hatte. Dort, so sagte er, saß ein Mann, der sehr traurig ausschaute und ihm erzählte: „Ich habe so viel Durst, vertrage kein Wasser und das eine Fass, dass ich heute leeren konnte, hat mir nur mehr Durst gegeben."

Das kam Dummling gerade recht, und er führte den Mann in des Königs Keller, er trank und trank und in weniger als einem Tag waren alle Fässer leer.

Da sagte mein Bruder zum König: „Wie ist es jetzt mit der versprochenen Hochzeit?"

Aber der König war kein Mann, der sein Wort hält und kam mit einer neuen Idee:

„Einen Berg Brot, den soll jemand essen, den du mir bringst!"

„Das war nun nicht mehr schwer", sagte mein Bruder, ging zur selben Stelle und fand dort einen Mann, der sich den Gürtel ganz eng geschnallt hatte. Er fragte: „Woher und Wohin?" Und bekam zur Antwort, der Hunger plage ihn so, erst einen Ofen voll Brot habe er zu essen bekommen und deshalb müsse er den Gürtel eng schnallen, damit sein Magen nicht so laut knurre.

Also brachte Dummling den Mann zum König, und alles, was der König an Mehl hatte finden können, war in der Zwischenzeit zu Brot gebacken worden. Das schreckte den Mann nicht, und er aß und aß den ganzen Tag, bis der Berg vollständig verschwunden war.

Wieder forderte mein Bruder seine Braut, und da dem König kein Wunder mehr einfiel, das ein Mann tun könne, verlangte er ein Schiff, das zu Wasser und zu Land fuhr, dann aber solle sofort die Hochzeit sein.

Wieder ging mein Bruder in den Wald, fand dort das graue Männlein und erzählte dem, was der König gefordert hatte.

Das Männlein schaute meinen Bruder an und sagte: „Als ich dich gebeten habe, da hast du mir gern abgegeben, ich habe jetzt für dich gegessen und getrunken und auch das Schiff werde ich dir geben. Komm den andern Tag und alles wird nach deinen Wünschen sein."

So hatte er einen Tag Zeit, an dem er nach Hause kam, uns von der ganzen Sache erzählte und mich einlud, ihn zu begleiten. Wenn alles gut ginge, könne ich im Schloss leben, bis ich gefunden hatte, was ich in meinem Leben tun und sein möge, wie eine Prinzessin und wenn alles schlecht ginge, hätte ich ein paar Tage in der Stadt. Mutter und Vater ließen uns ziehen, und wir bekamen vom Männlein das versprochene Schiff.

Das war ein Spaß die Segel zu setzen und los-
zubrausen, aber mein Bruder wollte direkt in
die Stadt zum König und wie wir dort mit einem Schiff eintrafen, da konnte der König auch
nicht mehr NEIN sagen.

Es gab eine große Hochzeit, wir haben getanzt
bis die Schuhe zerfielen, und jetzt lebe ich hier
als die Schwester und mein Bruder als der zu-
künftige König.

JORINDE UND JORINGEL

Hat sie lieb gehabt, seine Jorinde, arg lieb - der Joringel, und sie ihn auch. Wollten eins das Andere heiraten und waren sich schnell einig geworden. Wenn er in ihre Augen sah, sah er darin seine ganze Welt, wenn sie seine Hand hielt, brauchte sie sonst nicht Halt noch Stütze. So war alles besprochen, und der Tag der Hochzeit zwischen Joringel und seiner schönen Jungfrau war schon fest beschlossen. Und zum Eid und Zeichen der Treue und zum Versprechen da kaufte er mich: einen unscheinbaren Ring für ihren Finger. Und er sah in mir Glück und Unendlichkeit, und sie sah ein Leben und den schönsten Schmuck auf Erden, wie er mich an ihren Finger steckte.

So teilten sie miteinander so manche Stunde, in der sie nur versunken eins in das andere im Wald spazierten, miteinander sprachen und miteinander schwiegen und ihr Glück nicht fassen konnten.

Als ich aber auf dem Markt bei der Händlerin gewesen war, bevor ich die Hand der schönen Jorinde schmückte, da hatte ich manches Wunder und manchen Schrecken vom Wald erzählen hören. Und ich sah nicht nur das Sonnenlicht und die schönen hohen Bäume und das Glück der beiden Liebenden.

Man erzählte sich auf dem Markt, im Walde gäbe es ein Schloss mitten darin, in dem lebte eine böse, alte Frau, eine Erzzauberin, die sich am Tage als eine Katze oder eine Eule und des Nachts als Mensch bewege. Sie hätte Macht über das Wild und die Vögel und könne alle rufen, wenn sie ein gutes Essen wolle. „Wenn ein Mensch aber", so sagte man, „sich dem Schloss auf 100 Schritte näherte, so ward er durch einen Zauber gebunden. Blieb still an der Stelle stehen und konnte sich erst regen, wenn sie ihn lossprach. Wenn es aber eine schöne Jungfrau war, die gab sie nicht frei, aus der machte sie einen Vogel, sperrte sie in einen Käfig und hielt sie zu ihrer Freude dort in einer der Kammern des Schlosses." Am Markt hatten sie erzählt, es seien wohl über die Zeit sieben mal tausend solch seltener Vögel in den Körben und Käfigen im Schloss. Aber was weiß ein dummer Ring schon von den Wegen der Menschen, und was weiß er gar von den Wegen der Zauberer.

Joringel hatte wohl auch die Geschichten gehört, und wie sie durch den Wald gingen, mahnte er sie: „Hüte dich Jorinde, dass du nicht zu nah an das Schloss kommst." Aber sie gingen zusammen Hand in Hand im schönsten Sonnenschein immer tiefer in den Wald.

War ein herrlicher Tag, das Grün leuchtete und die Vögel sangen, aber das junge Paar sah nicht glücklich aus. Jorinde setzte sich auf einen Baumstamm und weinte und klagte, und ich verstand nicht, was geschehen war. Auch Joringel blieb auf einmal stehen und sagte: „Mir ist so traurig ums Herz." Und dann sahen sich beide an und gestanden sich, dass keines wusste, wohin es heimwärts ging. So suchten sie und gingen und fanden nichts. Als es aber langsam Abend wurde, teilte Joringel ein Gestrüpp mit seiner Hand und sah dahinter eine Mauer. Die beiden erschraken und Jorinde schlug sich vor Schreck so heftig mit der Hand vor den Mund, dass ich beinahe heruntergerollt wäre…

Aber sie weinte nicht wie vorher, sondern wollte vor ihrem Joringel mutig sein und sang ein Lied von der Turteltaube. Doch mitten in dem Lied, da ward ihr merkwürdig zumute und mir bebte alles und in einem Atemzug war sie kein Mensch mehr, sondern eine Nachtigall, und ich saß nicht mehr an ihrem Finger, sondern war ein Ring an ihrem Fuß. Joringel aber war wie versteinert, stand fest und rührte sich auch nicht, als eine Eule um ihn herumflog und meine Jorinde-Nachtigall voller Angst tief ins Gebüsch flog. Auch die Eule flog in einen Strauch, die Blätter zitterten und heraus trat ein altes

Weib mit roten Augen und einer krummen Nase. Wie die aus dem Strauch kam, streckte sie die Hand aus und Jorinde flog auf ihren Finger. Ach, dass Ringe nicht reden können, ich hätte sie so gern davon abgehalten. Die Hand war wie aus Kleber und Jorinde konnte die Füße nicht heben und davonfliegen, das spürte ich bis in mein goldenes Rund.

Dann trat sie zu Joringel, machte ihn mit einem Zauber los – aber er war seiner Braut treu und bat und bat flehendlich, ob er auch Jorinde mit nach Hause nehmen könne. Die Hexe lachte nur und wollte mit der Nachtigall zum Schloss gehen, Jorinde aber schüttelte sich ein wenig und hob einen Fuß, als wolle sie abfliegen. Der andere aber saß fest und so wurde nur ich durch das Gerüttel los und fiel Joringel gleich vor die Füße. Die Hexe aber verschwand mit der Nachtigall in ihrem Schloss. Joringel bückte sich, hob mich auf und nahm mich an seinen kleinen Finger zur Mahnung, die er doch gar nicht brauchte, dass er seine Jorinde befreien müsse.

Er ging nicht heim, sondern suchte sich Arbeit im nächsten Dorf, fragte jeden, was gegen die Hexe helfen könne und ging oft und oft in großem Bogen um das Schloss – gerade so weit, dass er nicht verzaubert wurde und gerade so nah, dass er nach einem Weg hinein suchen konnte. Traurig war er die ganze Zeit und grübelte viel, und wenn ihn gleich der ganz große Schmerz überkam, drehte er mich an seinem Finger und weinte schwere Tränen. Eines Morgens aber, da war er fast fröhlich, ließ auch Arbeit Arbeit sein und zog durch Berg und Tag auf der Suche nach etwas. Auf dem Weg fragte er den einen oder anderen, und so konnte ich es mir in den neun Tagen der Suche wohl zusammenreimen:

Er hatte von einer Blume geträumt, die den Zauber brechen könne Und wirklich am neunten Tage fand er genau diese Blume. Blutrot war sie und ein Tautropfen glänzte in der Mitte riesengroß. So nahm Joringel die Blume, brach sie und nahm sie mit sich. Schritt eilig voran und ging direkten Weges zum Schloss, um den Bann zu brechen. Muntern Schrittes näherte er sich näher als 100 Schritt, und er wurde nicht fest und unbeweglich, sondern ging weiter bis zum Tor. Als er dies mit der Blüte berührte, sprang die Pforte auf, und er konnte hindurchgehen und weiter bis zum Saal. Dort aber war die Hexe und mit ihr viele tausend Körbe voll Vögel.

Wie Joringel den Saal erreichte, wurde sie wütend und schrie und geiferte, aber er hielt die Blume in der Hand, und sie konnte ihm nicht nahe kommen. Er sah in die Körbe nach seiner

Jorinde-Nachtigall, doch fand er sie nicht, weil so viele Nachtigallen in den Körben saßen. Mich aber fasste der Schreck, denn die Alte eilte zu einer kleinen Tür mit einem kleinen Korb in der Hand. Ich weiß nicht, ob ich zuckte und er es spürte oder was sonst geschah, aber Joringel sprang auf sie zu und streckte die Blume nach dem Korb und der Hexe aus. Ein Wimpernschlag und Jorinde stand in aller Schönheit vor ihm und noch einer und die Alte war nur noch ein altes böses Weib, das keinen Zauber mehr wirken konnte.

Das war ein Küssen und Liebkosen mit den Beiden, aber nach einer Weile gedachten sie der anderen Gefangenen und befreiten auch die anderen Vogel-Jungfrauen eine wie die andere.

Danach aber gingen die zwei nach Hause, und ich ward wieder an meinen Platz gesteckt, und als die Hochzeit kam, auf seidenem Kissen gereicht. Heute bin ich dünn geworden, abgegriffen von dem langen Tragen, aber Jorinde und Joringel haben sich grad so lieb wie einst.

Die Bremer Stadtmusikanten

Die Menschen nehmen uns Tiere nicht wichtig und nicht ernst, das habe ich mein Leben lang erfahren. Die großen Tiere, die müssen für ihr Brot schaffen und werden hinausgeworfen, wenn sie alt sind. Wir Kleinen aber, wir werden verfolgt vom ersten Tag im Nest an, und wenn sie uns selbst nicht fassen, dann lassen sie Tiere diese Arbeit tun oder streuen Gift und all das nur für das kleinwenig Korn, das unsereins sich alle Tage holen mag.

Da wo ich lebte, war eine Mühle, und was herunterfiel und in die Ritzen, reichte uns zum Festmahl – die Menschen hätten es gleichwohl nur zusammengefegt und ins Feuer geworfen. Aber so sind die Menschen eben.

Da gab es einen Esel, ein alter, struppiger Geselle, der immer und immer wieder die Säcke zur Mühle getragen hatte, der wurde von Mal zu Mal knochiger und struppiger, und als ich ihn ansprach, derweil er wieder auf das Mehl wartete, da murrte er: „Hab jahrelang mein Tagwerk und mehr geleistet und jetzt, wo ich nur eine kleine Menge weniger tragen und ein paar Stunden weniger arbeiten kann, spricht mein Herr davon, das Futter sei vergeudet."

„Ei", sagte ich, „dann geht es dir so wie mir mein Leben lang, lass uns einfach frei in die

Welt ziehen" – und der Esel ging los, und ich saß auf seinem Rücken und sah die Welt aus einem andern Winkel. Der Esel sprach von Bremen, und dass er dort Straßenmusikant werden wolle.

Nach einer kleinen Weile sahen wir am Wegrand einen Hund liegen, dessen Fell war räudig, und seine Augen nicht mehr klar. Den sprach mein Esel an und fragte nach woher und wohin. „Ach", sagte der Hund, „war lange gut für die Jagd, doch jetzt fehlt die Kraft, und mein Herr mag keine unnützen Mäuler stopfen. Er redet davon, mich totzuschlagen, und da bin ich davon. Jetzt weiß ich aber nicht, woher mein Brot kommen mag."

„Nun", sagte der Esel, „ich für meinen Teil will nach Bremen gehen und dort als Stadtmusikant für mein Brot arbeiten, komm doch mit mir. Kannst die Pauke schlagen, denke ich, das sollte zum Sattwerden reichen."

Nur ein kurzes Stück Wegs später fanden wir eine Katze, und ich wollte mich gleich verkriechen und fliehen, doch auch sie war alt und müde und erzählte: „Meine Hausfrau mag nicht, dass ich meine Tage auf der Ofenbank ruhe, aber Mäuse, die fasse ich nicht mehr und nun will sie mich ersäufen. Weiß gar nicht, wohin ich noch gehen soll. Nur grade daran vor dem Wasser zu fliehen konnte ich denken." Auch sie lud der Esel ein: „Ihr Katzen versteht euch auf Nachtmusik, wir gehen um in Bremen Stadtmusikanten zu werden, da ist es gut, wenn du mit uns kommst." Sie schritten aus, so gut es die alten Knochen noch wollten und kamen an einen Hof, auf dessen Zaunpfosten ein Hahn saß. War nicht die Zeit, wo Hähne laut sind, aber dieser machte ein Getöse, das man es einige Straßen weit hören konnte

Auf unsere Fragen erzählt er: „Hab immer alle gut geweckt und die Hennen beieinander gehalten, doch jetzt hat meine Herrin am Sonntag Gäste und die Köchin soll mich in die Suppe geben. Nun schreie ich, so lange ich noch kann!" Darauf lachte der Esel und fragte: „Du willst warten bis zum Tod? Komm lieber mit uns nach Bremen um Musik zu machen, deine Stimme hat uns gerade noch gefehlt." So schritten die vier Gefährten gut aus, und ich schlief und döste auf meinem Reittier.

Der Weg nach Bremen war weit, und am Abend waren sie nur bis zu einem Wald gekommen, wo sie eine Ecke zum Übernachten suchten. Unter einem großen Baum legten sich Esel und Hund zur Ruhe, ich fand schnell eine Spalte, in der ich trocken liegen konnte, und Katze und Hahn teilten sich Plätze im Geäst. Der Esel aber

lag hart und unbequem und drehte und wendete sich, dass alle wach blieben. Da kam der
Hahn von der Spitze des Baumes herunterge-
flogen und sagte: „Was haltet ihr von einer anderen Herberge? Ich habe in der Ferne Lichter
gesehen, da mag ein Gasthaus oder eine andere
Wohnung sein, schlechter als hier wird es dort
nicht werden."

„Gut", sagte der Esel, „hier ist es hart zu liegen"
und der Hund meinte, ein wenig Fleisch oder
Knochen kämen ihm auch nicht ungelegen.

So fanden wir ein Haus, gut versteckt im Wald.
Nach einem Gasthaus sah es gleich gar nicht
aus, und wir beschlossen erst einmal zu schau-
en, wer dort zu finden sei.

Ich sprang auf das Fensterbrett und suchte Ein-
lass, der Esel aber schaute durch das Fenster
und erzählte uns: „Ein gedeckter Tisch ist dort
mit reichlich Essen und Trinken und darum
sitzen Männer, Räuber denke ich." Wir waren
uns schnell einig, dass uns das Essen besser bekommen sollte, und die vier Großen bauten sich
auf, um die Räuber zu verjagen. Auf den Rücken des Esels sprang der Hund, darauf die
Katze und zuoberst der Hahn. Ich aber blieb auf
meinem Logenplatz im Fenster und sah dies
Ungetüm sich aufbauen und wachsen. War aber
nur drinnen hell, hier außen ganz finster, so

dass die Tiere nur als Schatten zu sehen waren und als sie dann noch ein Konzert begannen, ward die Panik groß. Der Esel schrie, der Hund bellte, die Katze maunzte und der Hahn krähte und das Fenster, an dem ich geknabbert hatte, sprang auf und meine Gefährten mit einem Satz in die Stube hinein. Darüber erschraken die Räuber so, dass sie alle in den Wald flohen.

Der Tisch war gut und reichlich gedeckt, und wir hatten einen langen Weg hinter uns, also genossen wir, was dort zu finden war. Dann legten wir uns schlafen, ich in einem Loch unter den Dielen, der Esel im Heu, der Hund auf einem Stück Teppich hinter der Türe, die Katze beim Herd, wo die Asche noch warm glomm und der Hahn oben auf einen Balken und nach ein-zweimal Umdrehen waren wir alle eingeschlafen.

Ich wurde wach, als die Dielen über mir knarrten, und ich sah einen der Räuber hinein in die Küche schleichen. Er wollte sich wohl ein Feuer anzünden, um besser schauen zu können, aber er hielt die glühenden Augen der Katze für Glut und hielt ihr das Zündholz mitten hinein. Das war kein Spaß, den sie verstand, und so sprang sie mitten in sein Gesicht und kratzte und biss. Er erschrak ganz furchtbar, stolperte zur Hintertür, fiel fast über den Hund, der unsanft geweckt kräftig in sein Bein biss. Wie rannte er über den Hof, sah den Esel nicht im Heu und bekam noch einen ordentlichen Tritt zum Abschied. Der Hahn war auch wach geworden und schrie ihm aus Leibeskräften hinterher: „Kikeriki, kikeriki."

Ich aber wollte sehen, was weiter war und hatte mich in dem Gedrängel dem Räuber in die Tasche fallen lassen und ging so mit bei seinem wilden Lauf.

Wie ich aber bei den Räubern ankam und diese den Mann bedrängten, ob sie nicht in ihr Haus zurückkehren könnten, da erzählte jener ein Schauermärchen:

„Im Haus ist eine furchtbare Hexe", so sagte er, „die hat mir das Gesicht zerkratzt, bei der Tür ein Mann mit einem langen Messer, der mir ins Bein gestochen hat. Ein Untier liegt im Hof, das seine Keule an mir erprobte. Oben auf dem Dach sitzt ein Richter und schreit: „Bringt ihn her, bringt ihn her!""

Ich sah die Angst in ihren Augen und wusste jetzt, dass sie nie wieder in ihr Haus zurückkehren würden. So eilte ich zurück zu meinen vier Kumpanen, und wir machten uns eine gute Zeit dort.

Schneewittchen

Schmetterlinge, so sagt man, sind Kinder des Sommers und der Wärme und des Lichtes. Schmetterlinge sind Blütenblätter, die fliegen gelernt haben und deshalb, so sagt man, blühen Schmetterlinge auch nur einen Sommer.

So ist das in der Welt, wie Ihr sie kennt, die Welt, in der Ihr wohnt, aber hier im Märchenland, da ist vieles anders als bei euch.

Oder können bei Euch die Menschen auf einem Besen fliegen oder sich in Vögel verwandeln? Können bei Euch Tiere reden und manchmal die Möbel im Raum?

Ich bin ein Schmetterling, ein Kind des Sommers, ein Blütenblatt, das fliegen gelernt hat, aber ich lebe im Märchenland. Ich kann fliegen im Sommer und im Winter, und ich kann schauen, was die Zeit mit dem Leben tut, denn ich lebe fast so lange wie ein Mensch lebt.

Nicht dass ich Schnee liebe, Schnee ist kalt und macht die Flügel schwer, aber Schnee ist wunderschön, wenn man in einer Stube fliegt, in der ein warmer Ofen ist, und durch das Fenster leuchtet die weiße Pracht. Noch viel schöner ist Schnee, wenn die Sonne scheint, alles strahlt, das Fenster ist offen und ich fliege gerade so lange heraus, dass ich sehen kann, wie wunderschön meine Farben vor dem weißen Glitzern leuchten und strahlen. Aber wenn ich merke, wie kalt das Glitzern ist, fliege ich wieder in eine warme Stube, ein herrschaftliches Zimmer, wo immer es warm und gemütlich ist.

Bei uns ist ein Schloss mit einem König und einer Königin, und er ist gut und regiert weise, und sie ist lieb und wunderschön und fleißig und kann die Hände nicht still halten. Sie hat kein Kind, dem sie das Haar kämmen kann oder dessen Knie sie gesund küssen kann nach dem Spiel, und so sitzt sie oft am Fenster und stickt ein Bild oder ein Kissen oder näht etwas und lässt die Gedanken spinnen. Auch in dem Winter, von dem ich erzählen will, war es so, wie sie saß und in ihrem schwarzen Ebenholzrahmen ein Stück hatte, an dem sie stickte. Der Schnee war weiß und fiel, und ich saß gerade wie sie, so dass ich schauen konnte, es warm war und ich nicht nass wurde. Sie aber nähte mit spitzer Nadel, und wie sie so nähte, stach sie sich bis aufs Blut. Und der Tropfen fiel und fiel mitten in den weißen Schnee und sah so herrlich aus in all dem Glanz. Und da seufzte die schöne Königin und sagte: „Wenn ich ein Kind hätte, ich wünschte mir die Haut so weiß wie der Schnee, die Lippen rot wie das Blut und das Haar so schwarz wie mein Ebenholz. Und ich will es Schneewittchen nennen." Und nur kurze Zeit später wurde sie immer runder und gebar eine Tochter, die so schön war wie der Schnee und das Blut und das Ebenholz und sie und ihr König nannten sie Schneewittchen. Die Geburt aber war schwer und die Königin starb daran.

Der König gab sein Kind zu den Ammen, aber er ertrug es nicht, das Mädchen ohne Mutter zu sehen, und so nahm er sich, als die Trauerzeit vorüber war, eine neue Frau, schön wie die erste, aber er sah nicht, dass sie nicht gut wie die erste war…

Sie war eitel, und sie hatte einen Spiegel, der sprechen konnte. Oft stand sie davor und fragte ihn:

„Spieglein, Spieglein an der Wand,
wer ist die Schönste im ganzen Land?"

so antwortete der Spiegel
„Frau Königin, ihr seid die Schönste im Land."

So wollte sie es wissen und hören, und die Zeit ging ins Land, und das Kind wuchs heran und wurde schöner mit jedem Tag.

Wie die Königin also einmal wieder den Spiegel fragte – wie gut, dass sie sich nur mit Menschen verglich, wir Tiere haben viele, die ihr das Wasser reichen könnten, - da fragte sie wieder

„Spieglein, Spieglein an der Wand,
wer ist die Schönste im ganzen Land?"

so antwortete er

„Frau Königin, ihr seid die Schönste hier,
aber Schneewittchen ist tausendmal schöner als ihr."

Von diesem diesem Tage an sah sie das Kind voller Neid und Missgunst an und dachte daran, dass sie in den Jahren war, wo die Zeit Schönheit nimmt, das Kind aber noch etliche Zeit immer schöner werden konnte. Wie sie so schaute und verglich und wie der Neid in ihr wuchs wie ein Geschwür, da holte sie einen Jäger zu einem Gespräch. Sie dachte der Mann sei ihr treuer als dem König, und ich hörte genau, wie sie sagte:
„Nimm das Kind, bring es in den Wald, töte es und bringe mir Lunge und Leber zum Zeichen und nun geh!"
Ich erschrak, denn das haben wir nie gehört, das eins ein andres seiner Art in den Tod schicken mag. Es war ein Sommertag, und so flog

ich hinaus mit dem Jäger, um zu sehen und zu erzählen, was geschieht.

Sie gingen aber tief in den Wald, Schneewittchen fröhlich und der Jäger voll Schwermut. Aber er wollte tun, was seine Königin befahl und zog das Messer. Doch bevor er es ihr ins Herz stechen konnte, flog ich um seine Hand herum, dass er aufschaute und in das Gesicht des Kindes sah. Da konnte er es nicht mehr töten. Aber man sah, er hatte Angst, und er nahm sie nicht mit zu irgendwem, der sich des Kindes hätte annehmen können, sondern schaute ihr ins Gesicht und sagte: „Lauf nur, wohin du magst, vielleicht hast du Glück und kein wildes Tier frisst dich."

Er aber fing einen Frischling und zerlegte den und ging nach Hause mit Lunge und Leber des Tieres, um es seiner Königin zu bringen.

Ich aber wollte das unschuldige Kind zumindest nicht allein lassen, so wenig ich auch sonst für es tun konnte, und so flatterte ich in seiner Nähe mit, als es in den Wald lief, aber nicht wusste wohin und was tun und nur froh war, dass die wilden Tiere es nicht fressen wollten. Wie es aber Abend wurde und es wurde müde, da sahen wir, denn ich flog nicht weit von ihr, ein Fenster blinken im letzten Abendrot, und wir fanden ein kleines Haus, dessen Tür war nicht verschlossen. Und das Mädchen ging hinein und ich flog hinterher, und es war wunderlich dort, wie ein großes Puppenhaus, alles kleiner als für erwachsene Menschen, aber ordentlich und sauber, und es gab Betten und Tisch und Stühle und Schränke und Teller und Löffel und alles war klein und fein.

War der Tisch gedeckt mit weißem Tischtuch und waren 7 Teller und 7 Messer und 7 Becher und Brot und Wasser und ein Krug Wein und Gemüse und ein Stück Käse mit einem großen Messer in der Mitte unter einem feuchten Tuch. Schneewittchen aber war hungrig und setzte sich und alles hatte gerade ihre Größe, und sie aß hier ein Brötchen und dort trank sie und am nächsten Platz aß sie ein wenig Gemüse. Dann aber ging sie und sah sieben Betten und schaute alle an, legte sich auch zur Probe hinein und in eins passte sie genau, da legte sie sich zum Schlafen hin. Ich aber naschte ein wenig Zucker, der war auf einem Schrank umgefallen und setzte mich oben auf diesen, um zu schauen, wer denn sonst an diesem Tische aß.

Als es dunkel war und sie tief und fest schlief, öffnete sich die Türe und es kamen 7 kleine Männer herein. Die gingen schwer von der Arbeit und hatten grobe Hände und Spitzhacken darin, denn es waren Zwerge, die im Berg nach Erz hackten.

Als sie jeder eine Kerze angezündet hatten und an den Tisch gingen, sahen sie, dass es nicht mehr so reinlich war wie am Morgen.

Und der erste sagte: „Wer hat von meinem Teller gegessen?" und der zweite, „Wer hat auf meinem Stühlchen gesessen?", so ging es weiter: „Wer hat mit meinem Messerchen geschnitten?", „Wer hat mit meinem Löffel gegessen?", „Wer hat mein Brötchen gegessen?", „Wer hat von meinem Gemüse genascht?" und zuletzt: „Wer hat aus meinem Becherchen getrunken?"

Wie auf Kommando drehten sich alle Köpfe in die dunkle Ecke, wo die Betten standen und ein jedes war nicht mehr so glatt, denn Schneewittchen hatte ja alle probiert, bis sie das letzte für sich gefunden hatte.

Wie die Zwerge sie sahen, lächelten sie und sagten: „Sie ist so wunderschön, mag sie schlafen, morgen werden wir sie sprechen."

Und der siebte Zwerg schlief in der Nacht zusammen mit einem der anderen in dessen Bett.

Am Morgen aber, da erzählte das Kind alles und von der bösen Stiefmutter, und die Zwerge boten ihr an: „Wenn du uns den Haushalt machst und abends ein Essen auf dem Tisch steht, freuen wir uns, wenn Du bei uns bleibst.

Denk aber daran, sie wird bald wissen, dass du nicht tot bist, am Tage halte die Türe geschlossen und öffne niemandem!"

Nun ist putzen und staubwischen nichts, was einen Schmetterling glücklich macht, und so flog ich, als am nächsten Morgen der Staub aus den Winkeln aufwehte, hinaus ins Grüne und kam erst abends in der Kühle zurück.

Mal flog ich auch hierhin und dorthin und fehlte ein paar Tage, und einen Tag bin ich den weiten Weg zum Schloss geflogen, um zu schauen wie es dort geworden war.

Die schöne Stiefmutter saß gerade an ihrem Spiegel, kämmte sich das Haar und summte ein Liedchen für sich. Es war so leise, dass gerade meine Ohren es hören konnten, und sie sang: „Sie ist tot das schöne Kind, ich habe ihre Leber gegessen, sie ist tot…"

Und wie sie fertig mit dem Kämmen war, stand sie auf, stellte sich in ihrer Pracht vor den Spiegel und fragte ihn:

„Spieglein, Spieglein an der Wand,
wer ist die Schönste im ganzen Land?"

Da antwortete der Spiegel

„Frau Königin, ihr seid die Schönste hier,

aber Schneewittchen über den Bergen
bei den sieben Zwergen
ist noch tausendmal schöner als ihr."

Sofort sah ich, dass der Neid wieder in ihre Augen trat. Da flog ich eilends aus dem Fenster und zurück zu Schneewittchen in ihrem Haus.
Nur ein paar Tage später am Nachmittag, die Zwerge waren gegangen, Schneewittchen hatte alte Hosen zu stopfen und sah wie sie kurz vor dem Spiegel stand, dass ihr Gürtel ganz zerschlissen war. Aber wie sie noch schaute, klopfte es, und sie hörte die Stimme einer Frau: „Gute Ware, schöne Ware".
Sie dachte wohl an das, was die Zwerge erzählt hatten und schaute nur aus dem Fenster und fragte durch das Glas, was die alte Frau dort zu verkaufen hätte. Oh, dass das Kind doch meine zarte Stimme hören könnte, die Frau war alt und gebückt, doch die Stimme klang fast wie die der bösen Stiefmutter. Sie hatte sich bestimmt verwandelt, wie sie jetzt mit honigsüßer Stimme dem Kinde einen schönen Seidengürtel zeigte, der das Kleid am Rücken schnüren würde.
Sofort konnte ich sehen, wie Schneewittchen der gefiel, und sie öffnete die Türe und bat die Frau herein. Sie kaufte den Gürtel, und weil sie ihn

alleine nicht anlegen konnte, ließ sie die Frau den Gürtel schnüren. Aber kaum war der Gürtel gebunden, da zog diese ihn so fest, dass Schneewittchen ohnmächtig zu Boden fiel. Ihr Atem war so flach, dass die Alte ihn nicht spürte, als sie danach horchte und dachte, das Kind sei tot. Eilends machte sie sich davon Aber der Atem von Schneewittchenwar noch so stark, dass meine Flügel ihn spürten, und ich hoffte die Zwerge kämen bald. Es wurde auch bald Abend, und obwohl jeder Mensch sie für tot gehalten hätte, zerschnitten die Zwerge doch den Gürtel und sahen zu, wie sie ganz langsam wieder ins Leben zurück kam. So mahnten die Zwerge sie erneut, dass sie niemanden, keine Menschenseele einlassen möge.

Ich aber dachte, wie die Königin wohl schauen würde, wenn sie am Abend wieder den Spiegel fragte:

„Spieglein, Spieglein an der Wand,
wer ist die Schönste im ganzen Land?"

Und er wie sonst antwortete

„Frau Königin, ihr seid die Schönste hier,
aber Schneewittchen über den Bergen
bei den sieben Zwergen

ist noch tausendmal schöner als ihr."

Aber Schneewittchen war ein rechtes Kind, und der gute Rat der Zwerge hielt nicht lange vor. Nach einigen Tagen war es kein Seidengürtel, sondern ein Kamm, der sie die Türe öffnen ließ. „Er glitzert schön!" dachte sie wohl, und ich dachte: „Er glitzert wie Gift."
Und als die alte Frau ihr die Haare kämmen wollte, da half all mein Flattern nichts, denn wie der Kamm tief in die Haare fuhr, da fiel sie und war wie tot, und auch ich konnte keinen Atem mehr spüren.
War aber wohl ein Hexending, denn die Zwerge zogen am Abend den Kamm heraus, und sogleich war ihr Atem wieder zu hören.
Wieder mahnten die Zwerge, und es schien, als würde sie klug werden, und sie verschloss die Türe und sprach zu allen nur durch das Fenster. Eines Tages aber kam eine Bäuerin mit einem Korb voller Äpfel, einer schöner als der andere, und die wollte ihr einen schenken. Aber Schneewittchen dachte an den Rat und sagte: „Nein, das darf ich nicht gute Frau."
Da lachte die Bauersfrau, nahm einen besonders schönen Apfel, schnitt ihn in zwei Teile und das Teil, das besonders schön und rot war, legte sie aufs Fensterbrett.

„Wenn du Angst hast, schönes Kind, dann esse ich den halben Apfel, und du siehst, dass kein Gift oder Unrecht darin ist." Sprach es, aß und ging, und wie sie gegangen war, öffnete Schneewittchen das Fenster zur Gänze, nahm den halben Apfel, roch daran, und wie er frisch und lecker duftete, da nahm sie ihn und biss hinein.

Aber es war wohl nur das leuchtend Rote vergiftet, und wie sie ein rotes Stück des Apfelfleisches im Munde hatte, da fiel sie zu Boden und rührte sich nicht.

Aber die Zwerge fanden nichts, was sie entfernen oder lösen konnten, nichts, was sie abwaschen oder wegnehmen konnten, und so legten sie Schneewittchen auf eine Bahre und weinten um sie. Wie sie so aber drei Tage gelegen hatte, sah sie immer noch aus, als schliefe sie, und die Zwerge brachten es nicht über das Herz sie in die Erde zu versenken.

So bauten sie ihr einen Sarg aus Glas und schrieben ihren Namen darauf und hielten einer um den Anderen Wache von Tag zu Tag.

Aber ich flog wieder hinaus und schaute, und im Schloss hörte ich die Königin, wie sie den Spiegel fragte:

Spieglein, Spieglein an der Wand,
wer ist die Schönste im ganzen Land?"

und er sprach:

„Frau Königin, ihr seid die Schönste im Land."

Da war ich traurig, denn nun wusste ich, dass
es vorbei war mit dem schönen Kind und kein
Zauber sie zurückholen konnte. Aber sie blieb
so schön in ihrem gläsernen Sarg, so weiß und
rot und schwarz wie Ebenholz, dass ich Weile
um Weile kam um sie anzuschauen.
Es kamen aber auch die Tiere aus dem Wald
und weinten um sie, Hase und Taube und Rabe
und Eule, und sie sah immer so aus, als schliefe
sie.
Eines Tages aber kam ein schmucker junger
Mann, ein Königssohn herbeigeritten und sah
sie in ihrem Sarge schlafen. Da fragte er, ob er
die Nacht im Zwergenhaus bleiben könnte und
am Morgen schaute er wieder und sprach:
„Ihr lieben Zwerge, dieses schöne Kind hat
mein Herz angerührt, ich mag nicht sein ohne
sie zu sehen, könnt ihr mir da helfen." Aber die
Zwerge wollten Schneewittchen nicht weglas-
sen, und erst als er sagte, sie sei ihm das Aller-
liebste, da durfte er den Sarg mitnehmen.

Seine Diener nahmen den Sarg und trugen ihn, und ich flog hinterher, und der Boden war uneben und schwierig und der Sarg schwer. Sie können halt nicht fliegen wie unsereins, und so stolperte einer und fiel fast, und der Sarg ward geschüttelt und fiel auch fast. Aber das Rütteln hatte wohl den Apfel in Schneewittchens Kehle gelöst, und sie öffnete die Augen und versuchte sich aufzusetzen. Da hieß der Königssohn die Diener den Sarg zu Boden stellen, öffnete selbst den Deckel und half ihr hinaus.

Und sie schaute den jungen Mann an, und er gefiel ihr gut, und so stimmte sie zu, in sein Schloss zu kommen. Nicht lange danach wurde Hochzeit gehalten, und wo tausende Blumen den Saal schmücken, da kann auch eine fliegende Sommerblume wie ich mittanzen.

Aber bevor ich zum Feste flatterte, flog ich in das Schloss der bösen Stiefmutter und schaute zu, wie sie sich schmückte. Sie war nämlich auch zum Fest geladen worden und schmückte und kämmte sich und stellte sich vor ihren Spiegel und sprach:

„Spieglein, Spieglein an der Wand,
wer ist die Schönste im ganzen Land?"

Der Spiegel antwortete

„Frau Königin, ihr seid die Schönste hier,
aber die junge Königin ist tausendmal schöner
als ihr."

Ich habe sie fluchen gehört, aber sie wusste
nicht, dass es wieder die Stieftochter war – aber
nun musste sie kommen und schauen, wer ihr
den Ehrenplatz stehlen würde.

Sie kam an, betrat den Saal, sah Schneewittchen
und erstarrte vor Schreck. Der Prinz aber hatte
befohlen, dass seine Diener ihr eiserne Pantoffeln bringen, die waren im Feuer bis zur Glut
gewärmt und wie sie sich nicht regen konnte,
zogen sie ihr die glühenden Schuhe an. War ein
Zauber darin, sie konnte sie nicht entfernen,
aber tanzte bis sie tot zu Boden fiel.

So habe ich es gesehen und so habe ich es erlebt,
als ich im Winterwind und im Sommerwind
tanzte…

Schneeweißchen und Rosenrot

Rosen rot und Rosen weiß, Rosen, Rosen, Rosen. Sind wir nicht die Königin der Blumen? Sind wir nicht wunderschön und ist unser Duft nicht ein kleines Stück vom Himmel – welche Farbe wir auch sonst immer haben mögen?

Alle Rosen sind Schwestern, auch wenn wir gleich ganz verschieden aussehen. Sind wir auch rot oder weiß oder rosa oder gelb, sind wir voll und rund oder haben nur wenige Blätter an der Blüte, die aber duften als könnten sie das Himmelreich verschenken. Alles Schwestern und zweie von uns, ein Bäumchen in weiß und ein Bäumchen in rot standen gerade in einem Garten. War ein armer Garten und eine arme Frau, aber sie liebte uns gleichviel, und wir liebten sie, denn sie hatte zwei Töchter, die waren wie wir. Schwestern von Geburt und Schwestern im Herzen und die Mutter, eine Witwe, hatte das ganz genauso gesehen und sie nach uns genannt: Schneeweißchen und Rosenrot...

Sie waren lieb und gut und fromm, sie waren verspielt wie Kinder und fleißig, wenn es etwas zu tun gab. Rosenrot war oft draußen, wenn die Arbeit getan war, nicht nur bei uns im Garten, nein, auf den Wiesen und Feldern und kam mit Armen voller Blumen zurück und vielen Vögeln, die in der Luft ein Stück weit um sie spielten. Schneeweißchen aber saß bei der Mutter draußen auf der Veranda oder im Hause und las ihr vor oder nahm eine Blüte von uns und legte sie in eine Schale mit Wasser, damit wir mit unserem Duft die arme Frau erfreuen mochten.

Aber oft und oft waren beide Kinder auch zusammen, dann hielten sie sich immer bei den Händen und wollten eins das andere nicht lassen. Und Schneeweißchen sagte dann wohl: „Wir wollen uns nie verlassen" und Rosenrot: „Ein Leben lang nicht."

Wenn sie miteinander gingen, so teilten sie alles, die roten Beeren, die sie im Moos fanden und die Nüsse von dem alten Walnussbaum am Waldrand. Die Tiere aber hatten sie so lieb wie wir und nie hätten sie eines verletzt. Wenn sie im Walde spielten und müde wurden, dann legten sie sich ins Moos und schliefen und nichts und niemand auf der Welt würde ihnen etwas Böses tun.

So erzählte Rosenrot eines Morgens der Mutter, sie habe im Traum ein schönes Kind in einem strahlenden Kleid gesehen, das habe sie angelächelt und sei dann im Wald verschwunden. Wie sie aber erwachte und schaute, ob es Fußspuren gab oder wirklich ein Traum war, da fand sie direkt neben dem Platz, wo sie geschlafen hatte, einen Abgrund, in den sie leicht hätte fallen können.

„Ja", sagte die Mutter, „das Kind war wohl euer Schutzengel, der auf euch Acht hatte."

Im Sommer schauten wir immer wie schön die beiden das Häuschen hielten, denn Rosenrot nahm jeden Morgen von jeder von uns eine Rose in einen Strauß und stellte ihn ans Bett. Im Winter aber, wenn viele Rosen schlafen, da zündete Schneeweißchen morgens das Feuer an und abends, wenn alles getan war, schob sie den Riegel vor, und alle setzten sich ans Feuer, und die Mutter las ihnen vor.

Woher ich das weiß, wo ich im Winter nicht blühe? Nun aus den Blumen, die im Sommer die Hütte schmückten, da haben die Kinder die Blüten genommen und getrocknet und viele ruhen in einem schönen Glas mitten im Raum und manche sind in einem kleinen Kissen, das nach uns und Sommer duftet und das die Mädchen gern in ihre Kleidung stecken. So können wir selbst im Winter sehen und hören, was dort geschieht.

Es war ein Winter, wie sie so saßen, da klopfte es, und Rosenrot ging zur Türe, denn auch späte Wanderer brauchen Schutz und ein Nachtlager. War aber kein Wanderer und gleich gar kein Mann, sondern ein Bär, der groß und dunkel vor der Türe stand. Schneeweißchen und Rosenrot sprangen vor Schreck zurück, die Mutter aber stand auf und schaute dem Bären fest ins Gesicht.

Der machte das Maul auf und begann zu sprechen: „Fürchtet euch nicht, ich tue euch nichts, ich friere nur so, dass ich mich ein wenig aufwärmen muss." „Nun", sagte die Mutter, „dann leg dich ans Feuer, aber nicht zu nah, nicht dass der Pelz dir brennt."

Sie rief die beiden Mädchen zu sich und wie sie sahen, dass der Bär freundlich war und nicht gefährlich, da klopften sie ihm den Schnee aus dem Pelz. Wie er so lag und es ihm gut ging und er recht liebevoll zu den Kindern war, da fingen sie gleich an mit ihm zu spielen, wie mit einem großen treuen Hund. Sie zausten ihm den Pelz, kletterten auf seinen Rücken und hatten ihre Freude dabei. Der Bär mochte es auch gern, nur wenn die Klapse zu kräftig wurden, dann rief er laut:

„Laßt mich am Leben, ihr Kinder:
Schneeweißchen, Rosenroth,
schlägst dir den Freier tot."

In der Nacht durfte er am Feuer schlafen, und es wurde allen zur lieben Gewohnheit, so dass sie die Türe offen ließen bis der dunkle Geselle gekommen war und seinen Platz am Ofen bekommen hatte.

Dann wurde es Frühling, und wir Rosen wurden grün und an einem Morgen stand der Bär mit den Kindern gerade bei uns beiden und sagte ihnen Lebewohl.

„Im Sommer kann ich nicht bleiben, da bin ich im Wald und muss meine Schätze vor den bösen Zwergen hüten, nur wenn alles gefroren ist, dann kommen sie da nicht heran."

Schneeweißchen aber war recht traurig und schaute ihm sinnend nach, und wie er noch einmal hinein ging, um auch der Mutter sein Lebewohl zu entbieten, da blieb der Bär im Türrahmen hängen und riss sich ein Stück Fell oder Haut heraus und für einen Augenblick sah ich etwas Goldenes schimmern, und wie ich die Augen von Schneeweißchen sah, merkte ich, sie hatte es auch gesehen.

Bald hatte ich die ersten Knospen, und die Kinder schmückten ihr Haar damit, Schneeweißchen weiß und Rosenrot rot.

So waren sie auch herausgeputzt, als sie ein paar Tage später im Wald nach Reisig suchten und schließlich an einen großen gefällten Baumstamm kamen. Da blieben sie stehen, denn etwas Merkwürdiges sprang dort hin und her, und sie konnten es grad nicht recht erkennen.

Wie sie aber näher herzutraten, da war es ein Zwerg mit altem Gesicht und langem weißen Bart. Der Bart aber, der war im Baumstamm eingeklemmt, und der kleine Mann konnte ihn nicht herausbekommen. Wie er die Mädchen da so stehen sah, Hand in Hand und fragend schauen, da schrie er: „Was steht ihr dort und schaut und schaut. Helft mir doch!" Rosenrot kam einen Schritt herzu und fragte: „Was ist geschehen?"

Der Zwerg spuckte aus und rief: „Dumm und neugierig, wie die Menschen immer sind. Den Baum wollte ich spalten für ein kleines Holz für meine Küche. Wir essen grad so wenig, dass ein großes Holz mir die Speisen verbrennt. Der Keil ging auch sauber hinein, aber dann sprang er weg und das Holz zurück, und mein Bart war nicht schnell genug und blieb drin stecken. Und ihr lacht noch darüber."

Rosenrot wollte gleich Hilfe holen, doch der Zwerg hatte an den zwei Kindern schon mehr als genug Menschen in Sicht. Da griff Schneeweißchen in ihre Rocktasche, fand eine Schere und schnitt den Bart aus dem Baum. Dank gab es keinen und nur Geschimpfe, weil sein stolzer Bart nun kürzer war.

Eine Weile später, als die Mädchen mit einer Angelschnur zum Bach kamen, trafen sie wieder den mürrischen Gesellen und wieder war er in einer heiklen Lage. Er hatte geangelt, und der Wind hatte ihm den Bart in die Angelschnur geflochten – bevor er aber alles lösen konnte, biss ein Fisch an und dieser zog und zerrte nun mit der Schnur auch den Zwerg hin und her.

Schneeweißchen nicht faul hatte dieselbe Idee, wie beim ersten Mal, denn als sie versuchten alles zu entwirren, da war nichts zu machen. So schnitten sie wieder ein Stückchen Bart ab und hörten nicht auf das Schimpfen und Schreien des Zwerges. Er wollte gleich gar nicht glücklich sein, dass die Kinder erst unten und dann an der Seite den schönen Bart in eine schiefe Form geschnitten hatten. Sprach es, nahm einen Sack Perlen unter einem Busch hervor und verschwand.

Aber das sollte nicht die letzte Begegnung sein, und die Nächste war für den Zwerg noch um Einiges gefährlicher. Ein Adler, der den Kindern immer wohl gesonnen gewesen war, hatte den Zwerg gegriffen und wollte ihn gerade forttragen. Das gab ein Reden und Bitten, bis der Adler die Beute fahren ließ und der Zwerg wieder seinen Undank über die Mädchen schütten konnte. Denn außer dem Bart war jetzt auch sein Hemd nicht mehr heil. Er ließ seinem Ärger freien Lauf, nahm einen Sack Edelsteine und schlüpfte unter einem Felsen in die Tiefe.

Am Abend aber gingen sie denselben Weg zurück, und wie sie an die Stätte kamen, wo der Adler gewesen war, da lagen in der Abendsonne lauter schöne Edelsteine, und der Zwerg ergötzte sich an ihrer Pracht. Er war so versunken, dass er die Mädchen nicht kommen hörte, und wie er sie sah, versuchte er wieder sie mit Gekeife zu verscheuchen.

Aber nicht einmal wir Rosen hätten vor seinem Geschrei noch Angst gehabt. Doch bevor die Kinder einfach lachend weitergingen, war ein Brechen und Poltern im Walde zu hören, und der Zwerg versuchte noch die Steine zusammenzuraffen, um mit ihnen zu verschwinden, als schon ein Bär aus dem Walde trabte.

Sein eigenes Leben war ihm dann doch noch lieber als die Schätze, und so bot der Zwerg dem Bären alle die schönen Steine im Austausch für eine sichere Flucht. Der Bär aber knurrte nicht ja und nicht nein, und da jammerte er: „Ich bin alt und zäh und kein Genuss für deine Zähne, nimm die Kinder, die haben zartes Fleisch und lass mich gehen."

Da packte der Bär den Zwerg und warf ihn zu Boden. Die Mädchen aber wollten die Zeit nutzen, um eilig im Walde zu verschwinden, als sie sahen, dass der Zwerg sich nicht mehr rührte. In diesem Moment rief der Bär ihnen nach: „Schneeweißchen und Rosenrot, fürchtet euch nicht, wartet, ich will mit euch gehen."

Es war der Bär, der im Winter in ihrer Stube geschlafen hatte, und wie sie sich zu ihm umdrehten und ihn näher ansahen, da fiel das Fell von seiner Gestalt, und er war ein junger Mann in einem schönen goldenen Gewand. „Ich bin eines Königs Sohn," sprach er, „und war von dem gottlosen Zwerg, der mir meine Schätze gestohlen hatte, verwünscht als ein wilder Bär in dem Walde herum zu laufen, bis ich durch seinen Tod erlöst würde. Jetzt hat er seine wohlverdiente Strafe empfangen."

So brachte er die Mädchen nach Hause, und eine kleine Weile später da nahm er Schneeweißchen zur Frau und sein Bruder Rosenrot, und sie zogen alle miteinander samt ihrer Mutter in das Schloss.

Auch uns Rosenstöcke vergaßen sie nicht, wir wurden sorgsam ausgegraben und blühen jetzt im Schlosshof fort.

Von dem Fischer und seiner Frau

Fischer bin ich und Fischer war ich und Fischer wollte ich immer sein. Sitze mit der Angel am Rande der See oder fahre mit dem Boot und dem kleinen Netz heraus. Mein Nachbar, der auch Fischer ist, saß lange Jahre immer neben mir, und es war eine gute Zeit. Mal fingen wir wenig, mal fingen wir viel, aber es reichte immer zum Sattwerden und für ein wenig Geld für unsere Frauen, dass sie sich ein schönes Kleid kaufen konnten und Gardinen für das Fenster und das eine oder andere sonst noch.

Wir redeten nicht viel miteinander, meist saßen wir beieinander und schwiegen uns an und einer wusste, wie es dem Anderen zu Mute war. Wenn es Ärger gab oder etwas besonders Schönes geschah, dann redeten wir auch darüber.

Eines Tage aber, wie wir so saßen, da schlug seine Angel aus, und er bekam sie kaum alleine zu fassen. Wie er aber den Kampf mit dem Fisch gewonnen hatte, da zog er einen mächtigen Butt an Land. Ich ging hinüber zu ihm und wollte ihm schon mein großes Messer leihen, denn seins war ein wenig kleiner.

Aber wie ich schaute, da fing der Butt mit Reden an und sagte: „Fischer, hör mal, ich bin gar kein richtiger Fisch, ich bin ein Prinz gewesen und jetzt verwunschen. Ich schmecke auch nicht, also sei so gut und setze mich wieder ins Wasser und lass mich schwimmen."

Mein Nachbar sagte nur: „Ein Butt, der reden kann, den töte ich nicht!" und warf ihn zurück. Sprach es, tat es und packte seine Sachen und ging heim. Ich aber blieb und warf wieder die Angel ins Wasser

Nur eine kurze Weile später kam er wieder und schaute nicht so recht glücklich drein und sagte: „Meine Frau will, dass ich den Prinz um etwas bitte", und er drehte sich zum Wasser und rief:

"Mantje, mantje Timpe Te,
Buttje, Buttje in der See,
Meine Frau, die Ilsebill,
Will nicht so, wie ich wohl will."

Wie der Butt geschwommen kam, fragte er: „Was will sie?", und der Mann sagte: „Die Hütte ist ihr zu klein, sie will ein Haus."

Das war eine Schau in den nächsten Tagen, denn meine Frau war wie alle anderen Frauen auch im neuen Haus gewesen und erzählte und erzählte, wie sauber es sei und wie viel Platz, und es gab einen Hof mit Hühnern, so dass sie jetzt frische Eier hätten jeden Tag. Alles sei ganz wunderschön, so wie die Nachbarin es wollte.

Da kam mein Nachbar wieder mit einem frohen Gesicht jeden Tag, eine Woche lang und wohl auch noch die nächste. Dann wurde sein Gesicht wieder jeden Tag ein wenig düsterer und wie ich ihn fragte, da sagte er: „Nun will sie ein Schloss haben."

Und er ging ans Wasser, und die See war dunkel und nicht klar, wie es sonst alle Tage war.

Wieder rief er den Butt und wieder kam er, und der Mann wünschte sich für seine Frau ein Schloss mit allem, was dazu gehört.

Am nächsten Tag hat er mir kopfschüttelnd erzählt, was das alles bedeutete:

Bedienstete und polierte Leuchter und goldene Stühle, Pferde und Kutschen und ein Park mit Rehen hinterm Schloss, und er schüttelte nur den Kopf und setzte sich wieder neben mich mit seiner Angel.

Seine Frau aber ließ es sich gut gehen und genoss das Leben im Schloss, und er war zufrieden, dass sie zufrieden war und ihn nicht drängte mehr zu erbitten.

Aber dann kam er an einem Tag, und als er am Wasser stand, wurde es schwarz und stank. Er aber rief trotzdem:

"Mantje, mantje Timpe Te,
Buttje, Buttje in der See,
Meine Frau, die Ilsebill,
Will nicht so, wie ich wohl will."

"Na, was will sie denn?" sagte der Butt. "Ach," sagte der Mann, "sie will König werden." - "Geh nur hin, sie ist es schon," sagte der Butt.

Jetzt war es so schlimm geworden, dass der Mann jeden Tag zu mir kam und mir sein Leid klagte. Auch ging er nicht mehr mit der Angel hinaus, denn seine Frau, der König, wollte keinen Fischer zum Mann.

Sie trug jetzt alle Tage eine goldene Krone und hielt Hof, und wenn sie ging, dann bliesen die Soldaten mit Posaunen,und wenn sie kam, genauso.

Er habe sie gefragt, so erzählte er mir, ob das Wünschen jetzt ein Ende hätte, aber sie habe nicht Ja gesagt und nicht Nein und so kam es, dass es ihr schon wieder langweilig wurde und sie Kaiser werden wollte. Ihr Mann sagte, er habe lange versucht, ihr das auszureden, lange gefragt, ob es denn nicht reiche, und er sei jetzt mit großer Angst an den See gekommen. Er habe ihr gesagt, Kaiser könne es nur einen geben, und das sei zu groß für den Butt.

Aber die See war schwarz und dick und wild, und doch kam der Butt, als er ihn rief und murrte nicht und sagte nichts dagegen, und als er den Wunsch aussprach, sagte der Butt nur: „Sie ist es schon."

Und wieder war alles noch herrlicher und noch prachtvoller, und der Mann fühlte sich noch fremder in seinem Hause, das jetzt ein Kaiserschloss geworden war. Und wie es im ersten kleinen Häuschen noch 2 Wochen gedauert hatte, bis sie genug hatte, da war es ihr nach nicht mehr als drei Tagen schon zu wenig Kaiser sein. Jetzt wollte sie Papst werden – wer hat das schon gehört - eine Frau als Papst.

Aber der Butt tat es so, wie der Mann ihn gebeten hatte.

Wie er nach Hause kam, da war es kein Schloss, sondern eine riesige Kirche mit Palästen darum, und seine Frau trug goldene Kleider und saß auf einem großen Thron und alle, alle Menschen verbeugten sich vor ihr.

Der Mann aber war müde von all den Wegen, die er an dem Tage gegangen war und schlief tief und fest, nur seine Frau habe sich neben ihm im Bette viel hin und her gewälzt, so erzählte er mir am Morgen. Aber das komme sicher von der Aufregung und dem Stolz jetzt Papst geworden zu sein.

Aber ich dachte mir – so wie sie die letzten Wochen war, denkt sie nur, was noch grösser wäre als Papst.

Der Mann war aber, wie es die Fischer tun, morgens früh aufgestanden und zur See gegangen, seine Frau war eingeschlafen, und er war beim Morgengrauen schon heraus. Nun ging er, kurz bevor die Sonne hoch am Himmel stand, zurück für ein gutes Frühstück. Aber als er wiederkam, da war er nicht fröhlich und entspannt, da sagte er mir, jetzt sei alles am Ende. So fragte ich ihn, was er denn meinte, und er erzählte mir:

Sie sei wach geworden, wie die Sonne aufging, und als er zurückgekommen war, bedrängte sie ihn: Wenn sie das nicht machen könne, dass die Sonne auf- und unterginge, dann würde sie ihr Lebtag nicht froh werden.

Da fragte ich beunruhigt: „Was will sie denn?"

Und er sagte: „Sie will Gott sein!"

Und wie er das sagte, da brauste die See, und die Wogen gingen schwarz mit weißen Schaumkronen, und alles sah aus wie ein Weltuntergang.

Aber er hatte wohl mehr Angst vor ihr als vor dem Ende der Welt und rief:

"Mantje, mantje Timpe Te,

Buttje, Buttje in der See,

Meine Frau, die Ilsebill,

Will nicht so, wie ich wohl will."

"Na, was will sie denn?" sagte der Butt. „Ach," sagte er, „sie will werden wie der liebe Gott."

„Geh nur hin", sagte der Butt, „sie sitzt…"

Und wie er heimkam, saß sie wieder vor der alten, kleinen Fischerhütte, und am Nachmittag kamen die Nachbarinnen auf einen Kaffee, und die eine brachte Kuchen, die andere ihr Flickzeug, und sie saßen beieinander, und wenn am Abend die Männer kamen, waren die Socken gestopft, und die Suppe warm, und wir saßen wieder beisammen und schwiegen über unseren Angeln am See.

Die drei Federn

In unserem Königreich, da war der König schon recht alt geworden, aber er hatte ja drei Söhne, und so machte sich niemand Sorgen, wer nach ihm König sein würde.

Die beiden ersten Söhne waren gescheit und hatten zu allem eine Meinung und sagten diese auch, ob sie passte oder nicht, der dritte aber war ruhig, sprach nicht viel und hatte ein gutes Auge zu sehen, wo etwas wirklich wichtig war. Beieinander nannten die Brüder und wohl auch der Vater ihn Dummling, aber die Bediensteten im Schloss wollten ihm gut, denn er sah die kleinen Leuten an, die all die Arbeit für den König und seine Söhne machten, und hatte immer ein freundliches Wort für sie. Seine Brüder aber sahen das Zimmermädchen nicht und schlugen ihr die Tür vor der Nase zu oder vergossen sorglos Wein auf ein Kissen, das die Waschfrau nicht ein noch aus wusste. Sie nahmen sich selbst eben viel zu wichtig, um die kleinen Leute zu sehen und die kleinen Dinge zu tun. Alles, was sie sahen, war das große Ganze, und wie sie einmal regieren und alles so herrlich machen würden, dass es nur das Allerbeste für unser Land wäre. Sprechen darüber miteinander und fallen fast über das Körbchen, in dem unsere Mutter uns Welpen aufzieht. Der

Dummling aber sah es und griff zu und stellte den Korb in seine Kammer und schaute jeden Tag, ob es uns gut geht.

Meine Brüder und Schwestern gingen dann ihrer Wege, als sie groß genug wurden, ich aber blieb bei dem aufmerksamen Königssohn, ging an seiner Seite oder hinter ihm und schlief in der Nacht vor seinem Bett. Aber sein Vater und seine Brüder waren wie blind, die sahen mich nie!

Es war ein Tag, da rief der König seine Söhne zu sich und schaute auch nicht hin, als ich mit in den Thronsaal kam und mich meinem Herrn zu Füßen legte. Der König räusperte sich und sagte: „Ich kann mich nicht entscheiden, wer nach mir König werden soll. Deshalb habe ich entschieden, wer von Euch mir den schönsten Teppich bringt, der soll König werden, wenn ich tot bin."

Die beiden Älteren stritten gleich, wo zu suchen sei, aber der König sagte: „Kein Streit, ich zeige euch wo ihr suchen sollt." Alle gingen vor das Schloss, der Vater nahm drei Federn, blies in die erste, dann in die zweite und zuletzt in die dritte Feder. Die erste flog nach Osten, und der erste Sohn folgte ihr, die zweite nach Westen, und der zweite Sohn ging ihr eilig nach. Die dritte Feder aber wollte nicht fliegen, flog nur ganz kurz und fiel dann zu Boden. Seine Brüder lachten noch im Gehen, wie der Dummling bei der dritten Feder stand und schaute und nachdachte. Ich kam zu ihm, stupste ihn an, und wie er den Kopf hob, sahen wir beide neben der Feder eine Falltüre. Er öffnete sie, stieg hinein, sah eine Leiter, packte mich in seine Jacke, dass ich nicht fallen konnte und stieg dann die Leiter hinunter.

Unten fand sich eine Tür, hinter der ein Gemurmel war, und mein Herr öffnete die Türe langsam ein kleines Stück.

Hinter der Tür aber saß eine große Kröte mit vielen kleinen Kröten, und wie sie meinen Herrn so langsam herein kommen sah, fragte sie: „Was wünschst Du Dir am meisten?"

Er zögerte nicht und antwortete: „Ich suche den schönsten und feinsten Teppich."

Die alte Kröte rief eine junge Kröte, und die brachte eine Schachtel mit einem Teppich, der so schön und so fein war, wie ihn noch keiner gesehen hatte. Dummling dankte brav und stieg wieder die Leiter hinauf.

Die Brüder aber hatten wohl gedacht, der Kleine könne nichts Rechtes beschaffen und sie wären nur einer dem andern Konkurrenz. Daher hatten es beide eilig gehabt, und wie mein Herr zum König kam, standen beide Brüder schon vor ihm. Sie hatten beide einen einfachen Teppich mitgebracht, wie ihn die Schäfer im Winter weben, waren wohl nur im nächsten Dorf gewesen – aber mein Herr schlug seinen Teppich auseinander, und sein Vater staunte wie schön dieser war.

So sagte der König zu den drei Brüdern, „Wenn ich recht urteile, bekommt mein Jüngster die Krone."

Da fingen die älteren Brüder wieder das Diskutieren an, sprachen von Zufall und wollten eine zweite Entscheidung. Gesagt, getan, wieder blies der Vater drei Federn wie beim letzten Mal und befahl seinen Söhnen, einen schönen Ring zu finden.

Wieder gingen die Brüder hinaus, und mein Herr stieg hinunter zu der Kröte. Und richtig, sie hatte für ihn einen Ring aus Gold und Edelstein, und wenn auch ein Hund solche Dinge nicht braucht, bewunderte ich doch, wie fein der gearbeitet war.

Seine Brüder hatten nur ganz einfache Ringe, wie der Schmied sie machen kann und wieder staunte der Vater über den schönen Ring.

Der Vater wollte der Sache wieder ein Ende machen und gleich meinen Herrn zu seinem Nachfolger bestimmen, als seine Brüder meinten, eine Frau, die richtige Frau gehöre doch auch zu einem König. Da man das so in zwei Minuten nicht beurteilen könne, schlugen sie vor, gewinnen soll der, der die schönste Frau bringt.

Wieder zogen sie los, wieder ging mein Herr die Leiter hinunter und sprach mit der Kröte.

„Was ist es diesmal?", fragte sie. Ach antwortete er: „Die schönste Frau will mein Vater sehen."

Da schüttelte die Kröte den Kopf: „Das ist nicht so einfach, das geht nicht so schnell. Und sie gab ihm eine ausgehölte Rübe und 6 Mäuse, die davor eingespannt waren."

Der Dummling schaute ganz erstaunt: „Was soll ich damit?"

Da sagte die Kröte: „Nimm nur eine von den kleinen Kröten und setze sie hinein." Er tat also, und kaum saß die Kröte in der Rübe, da wurde die Rübe zu einer Kutsche, die Mäuse zu Pferden und die kleine Kröte zu der schönsten Frau, die der Dummling je gesehen hatte.

So küsste er sie, jagte mit der Kutsche und den Pferden davon und brachte sie zum König. Seine Brüder aber waren mit Bauernweibern gekommen, die sahen aus, wie Frauen, die harte Arbeit kannten, aber schön waren sie nicht.

Die Brüder machten dennoch ein Geschrei, als der Dummling jetzt zum König ernannt werden sollte und erbaten eine allerletzte Probe.

Es hing im Thronsaal ein großer Ring von der Decke, da sollten die Frauen eine nach der anderen hindurchspringen, und wer das nicht könnte, die sei auch nicht schön und stark genug für das Königreich.

Ich habe gehört wie die beiden Brüder zueinander sagten: „Unsere Frauen sind stark, aber seine, die fällt doch tot um, wenn sie so etwas tun soll."

Aber die Bauernfrauen waren ungelenk und fielen so elend, dass sie sich Arme und Beine brachen. Die Schöne aber bewegte sich leichtfüßig, sprang behände wie ein Reh und landete und war ganz sicher und nicht einmal außer Atem.

Dann beugte sie sich zu mir, tätschelte mir die Seite und lächelte, als der König den Dummling zu seinem Nachfolger ernannte. Er wurde auch König und sie seine Königin, und es war eine weise Herrschaft, wo alle Menschen im Lande glücklich sein konnten.

Die Alte im Wald

Spatzen und Finken und Amseln, Rotkehlchen, Tauben und Spechte, aber auch Falken und Eulen leben hier im Wald. „Fein die Augen offen halten und sehen, was geschieht, und ist alles friedlich - - fröhlich fliegen und sein Liedchen singen", sage ich immer.

Unser eines muss ein wenig mehr achtgeben als der Spatz, denn der mag seine Federn im Staub wälzen und stille sitzen und schon sieht ihn keiner. Wenn ich aber gedankenlos sitze und stille bin, da sieht doch jeder den großen roten Fleck an meiner Kehle. Also schaue ich mich auch genauer um als der Spatz und sehe viel im Wald, was Vögeln geschieht und anderen Tieren, aber auch wenn die Menschen sich hierhin verirren und nicht weiter wissen... Oder wenn böse Menschen anderen Schaden zufügen.

Hier gibt es ein paar Pfade, auf denen schon einmal ein Reiter vorbeikommt oder ganz selten einmal ein Wagen, der den kurzen Weg durch statt den langen Weg um den Wald wählt, und so war es auch im letzten Sommer, als der schöne Kutschwagen mit Pferden durch den Wald gefahren kam. Machte einen Krach wie dreihundert Spatzen, als er durch das Unterholz brach, das sich auf dem Weg angesiedelt hatte und den Insassen muss es sehr wackelig zu Mute gewesen sein, so wie der Wagen holperte und stolperte.

Böse Räuber aber hatten die wilde Fahrt wohl gehört oder vorher schon davon gewusst und hatten an einer gefährlichen Stelle einen Baumstamm über den Weg gelegt, dass der Wagen anhalten musste. Eh der Kutscher nun heraus war und das Hindernis zur Seite geschoben hatte, da gab es ein Geschrei und ein Schießen, und auf einer Seite ließ sich ein junges Mädchen aus der Tür des Wagens fallen und huschte zwischen die Bäume. Sie war ein armes Ding in alter und zerschlissener Kleidung, und sie hatte viel Angst, wie sie da hinter dem Baume lag. Ich setzte mich neben sie, aber sie hatte die Augen geschlossen und wartete, dass es wieder stille wurde. Dann stand sie auf und sah alle Menschen, die mit ihr gereist waren, lagen tot am Boden. Das waren reiche Menschen in edler Kleidung und der Kutscher, der in seinem Anzug auch ganz edel aussah.

Aber diese waren alle tot, und das einfache Mädchen lebte. Sie hatte große Angst vor den Räubern und vor dem Wald und weinte laut und jammerte: „Wie soll ich den Weg aus dem Wald finden? Hier lebt doch niemand, und ich werde bestimmt verhungern."

Sie ging aber los, blieb nicht bei dem Wagen und gab nicht einfach auf. So flog ich ein Stück weit vor oder neben oder hinter ihr, spielte hier und da, und meine Flugkünste zauberten ein Lächeln auf ihr Gesicht. Den Weg konnte ich ihr nicht zeigen, aber helfen wollte ich doch, und so zeigte ich ihr den Weg zu einem Baum, unter dem weiches Moos wuchs, da konnte sie sicher schlafen.

Dann flog ich davon und sagte einer Gefährtin, einer weißen Taube, Bescheid von dem fremden Besuch im Wald. Diese Taube war oft ein wenig merkwürdig, aber dann auch wieder klug, und ich hoffte, sie könne dem Mädchen weiter helfen.

So flog die Taube zu ihr, ließ einen goldenen Schlüssel in ihre Hand fallen und zeigte ihr einen Baum ganz in der Nähe. Wie das Mädchen dorthin kam, da gab es ein kleines Schloss am Baum, das der Schlüssel öffnete, und dahinter gab es eine kleine Speise, dass sie sich satt essen konnte. Uns Vögeln aber legte sie ein paar Krumen auf den Weg. Als sie satt war, seufzte sie nach dem Bett zu Hause in ihrer Kammer, und wieder kam die Taube mit einem anderen Schlüssel herbei.

Sie zeigte ihr einen anderen Baum, in dem war ein weiches Bett zu finden, und das Mädchen sprach sein Nachtgebet und legte sich dann dort schlafen und schlief fest und sicher.

Am Morgen kam die Taube noch einmal und zeigte ihr einen dritten Baum, da fand sie Kleider und Schmuck und sah bald aus wie eine Königin.

Das Mädchen lebte nun zwischen den Bäumen, sprach mit der Taube, fütterte uns Vögel und war recht zufrieden mit alledem.

Da kam die Taube und fragte sie: „Willst du mir etwas zuliebe tun?"

Das Mädchen aber sagte aus ganzem Herzen: „Sehr gern."

Die Taube flüsterte ihr zu, was sie wollte, und ich konnte gleich gar nichts hören, so leise flüsterte sie. Aber als die Taube wegflog, flog ich hinterdrein, um zu schauen, was noch geschehen sollte.

Sie kamen an ein kleines Haus, das Mädchen öffnete die Tür und trat gleich in die Stube. Am Tisch aber saß eine alte Frau, die grüßte sehr freundlich, aber das Mädchen schwieg. Da klang die Frau ungehalten: „Was willst du in meinem Haus, aber sagst nichts zu mir?"

Das Mädchen aber öffnete eine Tür auf der rechten Seite und fand darin einen Tisch voll Ringe aller Art. Schöne Ringe, prachtvolle Ringe, und sie griff hinein und suchte und suchte.

Ich flog ganz nah und hörte, wie sie flüsterte: „Der schlichte Ring, wo ist er nur." Aber sie konnte den nicht finden.

Da drehte ich mich um und schaute und sah, wie die alte Frau einen Vogelkäfig nehmen und leise aus dem Zimmer schleichen wollte. Da machte ich sogleich einen Krach, und das Mädchen drehte sich ebenfalls um und sah in dem Käfig einen Vogel mit einem Ring im Schnabel. Sie nahm den Ring und rannte hinaus und dachte wohl, die Taube käme, aber die war nicht zu sehen. Da lief sie weiter bis zu den Bäumen, wo sie gewohnt hatte und lehnte sich ganz außer Atem an einen davon. Wie sie so stand und auf die Taube wartete, da veränderte der Baum sich, die Form wurde weich, und auf einmal war es keine harte Borke mehr, an der sie lehnte, sondern es waren die Arme eines Mannes.

Er küsste ihre Augen und dankte ihr und sagte: „Du hast mich befreit. Die böse Hexe, die in jener Hütte wohnte, die hat mich verwandelt und nur wenige Stunden am Tage konnte ich mich als Taube bewegen. Ohne den Ring aber sollte ich bleiben, was ich war, so lange sie es wollte." Und wie er so redete, da wurden auch andere Bäume zu Menschen und zu Pferden, und am Ende war er der Sohn eines Königs, und seine

Freunde und ihre Reittiere waren mit ihm verwandelt worden. Er aber nahm das Mädchen
auf sein Pferd, und die beiden ritten aus dem
Wald hinaus in die Welt der Menschen.

DIE WEIßE TAUBE

Wuchs ich vor des Königs Schloss und trug Birnen jedes Jahr. Blühte im Frühjahr, und goldgelbe Früchte reiften in meinen Ästen, doch keiner der Menschen im Schloss hatte je eine meiner Birnen gegessen. Bin ein alter Birnbaum und sehe viel, und was ich nicht selbst sehe, sehe ich mit meinen Kindern, den Birnen, wo auch immer sie liegen.

Der König aber sah meine Früchte und sah Jahr um Jahr, wie sie fast reif waren und dann verschwanden. Und er wollte so gerne meine Birnen essen. Er hatte aber drei Söhne, und wie das oft bei Königen ist, zwei kluge und einen dummen jungen Mann, und die sollten ihm die Früchte beschaffen.

Im ersten Jahr sollte der älteste Sohn ein ganzes Jahr auf mich aufpassen, und er war redlich, und er schaute und wachte, und je mehr die Früchte reiften, umso genauer schaute er. Wie sie aber fast reif waren, da konnte er in der Nacht nicht mehr wach bleiben, schlief ein und – fand am Morgen nicht eine Birne mehr.

Im nächsten Jahr wachte der mittlere Sohn, und alles geschah genau wie im Jahr zuvor. Und wieder hatte der König keine Birne gekostet.

Als der König im dritten Jahr den Dummen zur Wache bat, lachten alle, aber dieser blieb wach auch in der letzten Nacht. Und in der Nacht kam eine Taube, nahm sich eine Birne und flog davon und so wieder und wieder bis zur letzten Birne. Der dumme Prinz aber folgte ihr und ging ihr und meinen Birnen nach.

So flog die Taube mit meiner Frucht im Schnabel bis auf einen Berg. Dort huschte sie in eine Felsennische, und als der Junge oben angekommen war, konnte er weder meine Birne, noch die Taube sehen. Er schaute hierhin und dorthin und sah ein kleines graues Männchen. Er war ein höflicher Junge, der alle Welt grüßte, ob hoch oder niedrig, arm oder reich. Und so sagte er auch zu dem Männchen: „Gott segne dich."

Ich hab es genau gesehen und gehört, denn meine Birne lag in der Felsspalte, und ich konnte alles sehen. Das Männchen aber dankte und sagte: „Ja, du hast mich gesegnet, denn dein Gruß hat meinen Fluch gebrochen, und ich bin jetzt frei. Gehe dort drüben hinein, wo die Birne liegt, da sollst du dein Glück finden." So fand der Junge meine Birne, wischte sie gut ab und steckte sie in seine Tasche. Dann ging er in den Berg, wohin die Taube verschwunden war. Es war eine steile Treppe, die stieg er hinab, und unten am Fuß der Treppe fand er ein Netz wie von Spinnen und mitten darin gefangen die

Taube. Er zögerte nicht, nahm ein kleines Messer zur Hand und begann gleich das Netz zu zerschneiden. Wie er aber den letzten Faden zerschnitt, da wurde aus der Taube eine schöne Prinzessin. Der dumme Prinz reichte ihr die Hand, denn sie gefiel ihm und er ihr.

Und so nahm er sie mit nach Hause und zur Frau und in allen Jahren, die dann kamen, hatten sie reichlich Birnen aus meinem Baum.

Hans im Glück

Fleißige Arbeit führt ans Ziel, tragen und laufen, und wenn die Last zu schwer ist, dann die Schwestern rufen und die Tanten und gemeinsam aufgeladen. So halten wir Ameisen es, so lange die Welt denken kann und werden es noch halten, wenn die Städte auseinander fallen. So bauen wir unsere Städte und Dörfer, machen unsere Kinder satt und leben unser Leben für unseren Stamm. Die Menschen aber, die Menschen, die sind ein gar merkwürdiges Volk. Da schafft einer für sich und keiner für den anderen, und wo nur der eine Lohn bekommt, da werden nicht alle satt. Deshalb sind die Menschen auch nicht glücklich mit dem, was ist, und der eine mag vom anderen hier etwas erschwindeln und dort etwas abschwatzen und am Ende wird nicht der satt, der getragen hat, sondern ein ganz anderer Mensch. Deshalb ihr Ameisen, hört euch die traurige Geschichte an von einem fleißigen Menschen, den ich selbst gekannt habe.

Er hatte gearbeitet, wie die Menschen es nennen in Lohn und Brot und war immer fleißig und ehrlich gewesen. Aber er vermisste seine Mutter – still Kinder, ich hätte auch sagen können, er vermisste seinen Stamm, seine Heimat und die Menschen, die ihm wert waren. Ich war durch einen Unfall auch verschlagen worden in die Ferne und traf den Menschen, als er gerade mit seinem Herrn sprach, um den Abschied zu nehmen.

„Ach", dachte ich, „der geht wandern, da wandere ich doch mit, vielleicht treffe ich die Meinen auf seinem Weg." Kletterte also nicht faul seine Hose hinauf und schlüpfte in seine Tasche, dass er mich tragen solle. Schließlich sind seine Beine sovielmal länger als meine, da würde er ein großes Stück Weg schaffen, bis ich drei Schritte getan hätte. Und wir sind ja so leicht, so ein Mensch bemerkt unser Gewicht gar nicht.

Aber das Gewicht seines Lohnes, das sollte er bemerken, denn sein Herr gab ihm einen großen Goldklumpen, den er in einem Tuch über der Schulter trug.

Da stöhnte und jammerte er nicht schlecht, wie dieses kleine Goldstückchen seine Schulter drückte und wie er einen Mann auf einem Pferd sah, da schaute er ganz gespannt ihm nach und seufzte. „Jetzt reiten können, dass kein Stein den Fuß stößt und die Meilen unter den Beinen des Pferdes nur so dahin schmelzen, das wär ein Leben."

Der Reiter hatte ihn wohl gehört und fragte, warum der Junge denn zu Fuß laufe und Hans, das war sein Name, erzählte von dem Gold und wie es drücke. Dummer Junge, wenn ich an die Steine denke, die ich schon zur Seite getragen habe, und die Zweige, die ich lange Zeit in unseren Haufen gezogen habe.

Der Reiter aber bot ihm das Pferd zum Tausch, und Hans war zufrieden damit, bedauerte den Reiter zwar kurz, dass er jetzt tragen müsse, schwang sich aber dann auf das Pferd, und weg ritt er. Das war ein munteres Davonkommen, und in seiner Tasche sah auch ich die Landschaft vorbeifliegen. Aber Hans wurde übermütig und schnalzte mit der Zunge und trieb das Pferd an, bis es zu wild wurde, und er mit allen seinen Sachen und mir im Graben landete.

Das Pferd wäre auch auf und davon gelaufen, wenn nicht ein Bauer, der seine Kuh den Weg entlang trieb, zugegriffen und es festgehalten hätte. Hans aber klagte dem Bauern sein Leid, dass das Pferd zu übermütig und gefährlich sei. Er neidete dem Bauern die Kuh, die schön langsam ganz von alleine ging und ihn mit Milch und Butter versorgen könne.

Der Bauer aber war kein Mann von vielen Worten und sagte nur: „Wenn Ihr es mögt, dann können wir gern tauschen." Nahm er also das Pferd und ritt davon.

Hans aber trieb die Kuh vor sich her, lobte sich für den guten Handel laut, und ich schaute aus seiner Tasche wie die Gegend gemütlich an mir vorüberzog.

Als er Durst bekam, setzte er sich neben die Kuh, legte seine Mütze darunter, hatte wohl keinen Eimer und wollte die Kuh melken. Nun, selbst ich konnte sehen, dass er das nie getan hatte und die Kuh wurde ungeduldig und trat ihn, dass er sich den Kopf am Boden stieß.

Wie er wieder zu sich kam, war der Durst natürlich nicht vergangen, aber ein Mann mit einem Karren, auf dem ein Schwein lag, hatte neben ihm angehalten und gab ihm einen Schluck Wasser aus seiner Flasche. Hans erzählte, wie es ihm mit der Kuh ergangen war, und der Mann schaute die Kuh genau an, bekam dann einen merkwürdigen Glanz im Blick und sagte: „Die gibt dir keine Milch mehr, die ist so alt, die kann dir nur noch einen Braten geben. Ich bin Metzger und weiß das genau."

Alt sah mir die Kuh nicht aus, aber was weiß eine Ameise schon mehr als ein Mensch?

Hans schaute nun miesmutig auf seine Kuh und herüber zu dem Karren des Metzgers und meinte: „Rindsfleisch mag ich sowieso nicht! Und so ein Schwein, das noch Wurst und Schinken geben kann, das wäre mehr nach meinem Geschmack."

Der Metzger ließ ihm gern das Schwein, schaute wieder mit dem merkwürdigen Glitzern in seinen Augen und nahm die Kuh, und so wanderte Hans weiter mit dem fetten Schwein immer hinter sich her.

Mit dem Schwein war er ein wenig schneller als mit der Kuh, und so ging er ein Stück Weg neben einem Burschen, der eine fette Gans auf dem Arm hatte.

Sie schritten gut aus, aber meine Heimat durchquerten sie nicht, und so begann ich wieder, auf ihr Gespräch zu hören.

Der mit der Gans lobte diese und zeigte Hans, wie gut die Gans gemästet war. „Das gibt einen Braten!" lobte er, „da fließt das Fett nur so von allen Seiten."

Hans nicht faul zeigte das fette Schwein und wollte auch darüber ein paar gute Worte sagen.

Der Bursche aber schaute auf das Schwein, dann auf Hans und flüsterte dann:

„Im Vertrauen, das mit dem Schwein, das kann gefährlich werden! Im Nachbarort wurde eines gestohlen, das sah nicht anders aus als dein Schwein. Sie suchen es, und wenn sie den finden, der es genommen hat, dann werden sie ihm etliche Stockhiebe geben und mehr."

Da bekam Hans Angst, wusste er doch nicht genau, wie der Metzger zu seinem Schwein gekommen war und fragte den neu gewonnenen Kumpan um Rat:

„Kannst Du nicht....., du kennst die Menschen hier, vielleicht können wir tauschen, und du gibst mir die Gans dafür...?"

Der Bursche aber stellte sich, als wäre der Handel für ihn gefährlich, um dann nachzugeben und sich selbst und sein gutes Herz zu loben.

Hans nahm die Gans, zog weiter, und wie er vor dem nächsten Dorfe war, da jubelte er schon:

„So eine Gans, die gibt einen Braten und Schmalz für Schmalzstullen für ein Vierteljahr und mehr und aus den Daunen, da stopf ich meiner Mutter ein Kissen, die wird mir dankbar sein!"

In dem Dorf aber, da sah er einen Scherenschleifer, der munter bei der Arbeit war. Er blieb auch stehen und schaute und hörte ihn singen, während der Stein sich drehte.

Hans fragte den Mann, wieso er so fröhlich sei, und der Schleifer erzählte ihm, er habe Arbeit genug und immer Geld in der Tasche, wie solle er da nicht fröhlich sein. Hans hingegen berichtete von seinen Tauschgeschäften, und wie er immer etwas bekommen habe, das ihn noch glücklicher machen konnte.

Da redete der Schleifer ihm zu: „Wenn du so für dein Glück wirtschaftest, dann solltest du etwas beginnen, das dir immer Geld in die Taschen zaubert. Werde Schleifer, brauchst nur einen guten Wetzstein, dann wirst du bald so glücklich leben wie ich."

Hans fragte, wo er denn einen guten Wetzstein bekommen könne, und der Schleifer bot ihm einen Stein für die Gans an.

Hans sah gleich wieder sehr fröhlich aus und nahm vom Schleifer einen Stein, der so schwer wie der Goldbrocken gewesen war. Er schaute gar nicht genau, wickelte ihn nur in sein Tuch und nahm ihn auf die Schulter. Ich aber hatte gesehen, wie der Schleifer einen ganz normalen großen Stein vom Acker genommen hatte und verstand die Menschen gleich noch viel weniger.

Hans aber schritt aus und ging, und der Weg zu seiner Heimat war wohl nicht mehr sehr weit. Aber weil er den ganzen Tag gegangen war, war er müde geworden und hatte auch keinen Krumen mehr in der Tasche und kein Wasser in der Feldflasche.

So blieb er am Dorfbrunnen sitzen, schöpfte ein wenig Wasser und hatte den Wetzstein neben sich liegen, damit die müde Schulter nicht schmerzte. Wie er sich aber drehte auf dem

Brunnenrand, da stieß er aus Versehen den Stein hinunter in den Brunnen. Mit offenem Mund saß er da, schaute dem Stein nach und lachte dann und sagte:

„So hat der Herrgott mich von aller Last befreit, glücklich bin ich und will sofort zu meiner Mutter eilen." Er sprach es, sprang auf, schüttelte seine Jacke aus und warf mich in hohem Bogen ins Feld. So habe ich nicht gesehen, wie er nach Hause kam, aber ich selbst, ich fand unter einem Stein den Zugang und Weg zu meiner Heimat, und so bin ich hier angekommen, um mein Teil zu tun, dass unser Stamm wächst.

Von dem Sommer- und dem Wintergarten

War ein reicher Kaufmann, war ein guter Mann und hatte drei Töchter. Kenne sie alle, seit sie klein waren. Die beiden Großen, die sind grad nur an schönen Dingen interessiert, hier ein Kleid, da ein Paar Schuhe und was sie noch vor dem Spiegel glänzen lässt. Unsere Kleine ist da ganz anders, hübsch ist sie und würde im schönen Kleid nicht schlechter aussehen als ihre Schwestern, aber sie träumt viel, und da geht es nicht um schöne Dinge oder einen reichen Prinzen. Und wenn sie nicht träumt, dann schaut sie ganz genau hin und sieht, wo jemand Hilfe braucht. So war sie von klein auf. Und als sie kaum die ersten Schritte ging an meiner Hand, da hat sie schon gesehen, wenn ihr ungelenker Schritt den Grashüpfer kopfüber von einem Blatt gestoßen hatte und bückte sich und half. Aber gleichviel, sie hatte auch Zeiten, da dachten wir, sie würde niemals erwachsen werden, und so hatte ihr Vater schon vor langer Zeit beschlossen: wenn die Kleine, sein Liebling, einmal aus seinem Hause ginge, dann sollte ich sie begleiten, und wie ich hier für seine drei Kinder den Haushalt geführt und die Mutter ersetzt habe, so wollte ich dort der Kleinen weiter zur Hand gehen.

Die Geschichte begann nicht erst, als das Tier kam, wie viele denken, nein, der Kaufmann hat mir alles erzählt. Wie er die Reise plante zur Messe, und weil er wusste, die Reise würde einen großen Gewinn bringen, da hat er alle Töchter gefragt:

„Was wünschst du dir am meisten" – denn er wollte jeder ihren eigenen Traum erfüllen. Die erste wünschte sich ein Kleid, die zweite ein Paar Schuhe, und die Kleine sagte ganz verträumt: „Eine Rose."

Ich bin ja nun eher praktisch, ich dachte, er wird ihr eine Pflanze mitbringen, die mag sie einpflanzen und hegen und pflegen, und übers Jahr hat sie die Rosen, die sie sich wünscht. Aber ein Vaterherz denkt wohl anders, und so hat er, obwohl es mitten im Winter war, nach blühenden Rosen geschaut. Kleid und Schuhe waren leicht zu finden gewesen, erzählte er, ein Stündchen, und er hatte gefunden, was die Töchter prachtvoll finden würden. Aber eine Rose gab es in der ganzen Stadt nicht. Ausgelacht hätten sie ihn, hat er mir erzählt, weil er im Schnee nach Rosen schaute.

Aber er habe es nicht übers Herz gebracht, die Kleine zu enttäuschen.

Wie er heimwärts ritt, da hielt er an, hier und dort, doch es gab keine Hilfe, und so ritt er einen fremden Weg und fand dort ein Schloss, das ihm ganz fremd war. „Rund um das Schloss", so hat er es erzählt an dem Abend, an dem er zurück gekommen war, „rund um das Schloss, da war ein Garten, der war wie ein ganzes Jahr, zur einen Seite Schnee und kahl wie all die anderen Gärten, aber zur anderen Seite blühte alles wie im Sommer." Da habe er dann auch Rosen gesehen, eine ganze Hecke, und so sei er abgestiegen, habe sein Messer genommen und die eine allerschönste Rose abgeschnitten. Das hat er den Mädchen und mir so erzählt, als er nach Hause kam und sie sich über seine Geschenke freuten.

Den Rest der Geschichte habe nur ich erfahren, denn den erzählte er mit einer Kummerfalte auf der Stirn.

Er sei dann zurück geritten mit der Rose, so erzählte er mir, doch ehe er noch weit gekommen war, da habe ein großes schwarzes Tier vor ihm gestanden und gefordert: „Gib mir meine Rose, sonst bist du tot!" Da habe er im Überschwang seiner Gefühle geantwortet: „Lass mir die Rose, sie ist für meine Tochter, weil meine Tochter die Schönste der Welt ist." Das Tier habe darauf gesagt: „Nimm sie nur, aber in acht Tagen nehme ich dann deine schöne Tochter zur Frau…"

Er habe leichtfertig zugestimmt, denn wie sollte das Tier ihn wiederfinden, und er würde bestimmt nie wieder zu dem Schloss reiten. Aber Kummer machte ihm doch, dass er gelogen habe, um die Rose zu bekommen. Sie sei ihm gleich nur noch halb so schön gewesen. Beruhigt habe ich ihn, denn das Tier konnte je wirklich niemals unser Haus finden.

So dachte ich wirklich an jenem Abend, aber nach acht Tagen, polterte es an der Tür, und wir alle erschraken furchtbar! Wir öffneten nicht, aber dennoch kam das schwarze Tier herein und verlangte seine Braut. Er wollte sie entführen, und wir konnten sehen, nichts konnte das Tier davon abhalten, die Kleine mitzunehmen. Da bat sie, und da bat ich, und am Ende durfte ich ein paar Sachen einpacken und sie begleiten. Das Tier war aber ganz furchtbar anzusehen, und ich hatte große Angst. Doch ich liebte unsere Kleine, und deshalb konnte ich nicht ohne sie bleiben.

Im Schloss dort aber war es ganz anders, als ich gedacht hatte. Es war hell und freundlich, es gab Musikanten, und der Garten war Sommer und Winter, und die Kleine blühte auf und wurde noch schöner, wie sie so neben dem schwarzen Tier in seinem Schloss lebte. Er las ihr jeden Wunsch von den Lippen, und sie saß neben ihm am Tisch, wenn sie aßen, legte ihm das Essen vor und sprach und scherzte mit ihm. Es kam der Tag, da war ich mir ganz sicher, sie hatte das Tier sehr lieb gewonnen.

Dann kam aber ein Tag, da wurde sie ganz schwermütig, und abends beim Essen sagte sie zu dem Tier: „Mir ist so merkwürdig, ist mein Vater vielleicht krank. Ich wünschte, ich könnte ihn sehen und wüsste Bescheid." Da führte das Tier sie vor einen Spiegel, und darin sahen wir, ungelogen, wie der Vater krank vor Sorge zu Hause im Bett lag und ihre Schwestern dabei saßen und sich ebenfalls sorgten.

Sie wurde ganz traurig und bat das Tier, dass sie den Vater besuchen könne, damit er geheilt würde. Das Tier wollte nicht, hatte wohl Angst, sie käme nicht zurück, dachte ich. Aber wie sie so weinte und bat, da sagte er doch: „Geh nur, aber bleib nicht länger als acht Tage."

Wir fuhren dann zusammen zurück, doch das Leid hatte den Vater schon so sehr geschlagen, dass auch die Freude über ihren Besuch ihn nicht heilen konnte. Er starb, kurz nachdem sie angekommen war. Da war nun vielerlei zu richten, der Vater wurde zu Grabe getragen, die Schwestern weinten viel miteinander, und ohne dass wir es so recht mitbekamen, war die Zeit vergangen.

„Sind schon mehr als acht Tage", sagte sie „und ich bekomme ein Herzeleid, als ob mein liebes Tier jetzt krank geworden ist."

So eilten wir uns und kamen zurück und fanden den Garten ganz Winter, und alles wie mit einem schwarzen Tuch verhängt, und das Schloss war nicht schön, sondern grau, die Musikanten waren verschwunden, und alles sah trostlos aus. Wir suchten das Tier im ganzen Haus und fanden es nicht, und im Garten sahen wir es auch nicht. Doch in einer Ecke, ich hatte gedacht es sei der Misthaufen, da lagen Kohlköpfe, die waren alt und trocken und wie tot. Die drehte die Kleine aber zur Seite und fand darunter ihr liebes Tier.

Wie sie darauf kam, weiß ich nicht, aber sie sprang los, holte eine Kanne und goss das Tier wie eine Pflanze, die wachsen sollte. Und wie nichts geschah, holte sie noch eine, und dann auf einmal gab es einen Ruck zwischen dem Kohl und etwas stand auf. Doch es war nicht das Tier, es war ein schöner Prinz, der sie sogleich in die Arme nahm. Wie sich die beiden küssten, da verschwand das schwarze Tuch von allem, die Musikanten spielten wieder und die Sommerseite des Gartens begann erneut zu blühen.

Es war eine prachtvolle Hochzeit, und alle sprachen noch lange von dem Fest. Aber ich muss mich sputen, denn nicht mehr lange, und es wird ein neues Fest geben, wenn sie ihr Kind erst in den Armen hält, das gleich geboren wird.

DER TEUFEL MIT DEN DREI GOLDENEN HAAREN

Heute war ein großes Fest, heute heiratete die Tochter des Königs. Prachtvoll war das, ganz prachtvoll, und man sagte, ihr Mann sei der Sohn einer armen Frau, doch hatte er zur Geburt so viel Glück geweissagt bekommen, dass er trotzdem unseres Königs Tochter zur Frau bekam.

Die große Frau Königin, die hatte, als der junge Mann mit dem Brief kam, sofort ein Zimmer bereitet, denn wer Hochzeit mit ihrer Tochter halten sollte, der müsste schon standesgemäß wohnen. Ich aber wurde als Kammerdiener bestellt, und ich habe ihn gleich erkannt, denn mein Vater hatte ihn mir gezeigt, als wir beide Knaben waren.

Mein Vater war Geselle beim Müller gewesen in unserem Ort und hatte dort gelernt und gearbeitet. Dieser Mann aber war beim Müller an Kindes Statt angenommen worden und als Sohn des Müllers aufgewachsen. Mein Vater erzählte mir, dass er selbst die Schachtel mit dem Kinde aus dem Wasser gezogen hatte, und wie der Müller und seine Frau sich über den gesunden Knaben gefreut hatten.

So war ich ihm gern als Diener zugeteilt, denn er war ja ein Mensch, der mit reichlich Glück beschenkt war, dass er vom Pflegekind des Müllers zum Bräutigam der Prinzessin wurde.

Nach dem Fest, wie das Brautpaar in sein Gemach ging, da kam der König von seiner Reise zurück, fand die Reste des Festes und wunderte sich sehr.

Ich war gerade in der Kammer davor und räumte ein wenig auf, so habe ich alles gehört, was der König sagte.

„Frau, wie konntest du nur unsere Tochter diesem hergelaufenen Bengel geben! Habe ich Dir nicht alles genau geschrieben", so schrie der König.

Die Königin klapperte ein wenig mit einer Lade und fand wohl den Brief und sagte: „Ja, hast du, hast mir geschrieben, dass ich den Burschen mit unserer Tochter eiligst verheiraten solle."

„Frau, Frau, das versuche ich ja zu verhindern, seit der Knabe auf der Welt ist. Geweissagt wurde es, und ich ging sogleich zu dem Kind und habe seine Eltern beschwatzt, dass sie ihn mir in Pflege gaben. So habe ich ihn in eine Schachtel gesteckt und in den Fluss geworfen…"

Bei den Worten fasste ich mir ans Herz, denn genau diese Schachtel hatte mein Vater ja gefunden.

„… und nun finde ich in der Mühle gerade den Jungen, der im Fluss ertrinken sollte. Also habe ich ihn mit einer Botschaft zu dir geschickt, und zwar mit der, dass du ihn sofort töten mögest. Woher nur der Brief kommt, den du bekommen hast….

Wir müssen etwas unternehmen!"

Da schlich ich schnell aus dem Zimmer, hätte ihnen wohl sagen können, wo der Brief möglicherweise vertauscht wurde. Mein junger Herr hatte mir erzählt, dass er sich zwar beeilt hatte, aber trotzdem so müde wurde, dass er eine Rast und eine Ruhe auf dem Weg zum Schloss gebraucht hatte.

Er war im Wald und hatte Nachtruhe in einer kleinen Hütte gefunden. Die Frau, die die Hütte besorgte, hatte ihn noch gewarnt, aber er hatte die ganze Nacht in einer Ecke der Hütte geschlafen, und niemand hatte ihm etwas Böses getan. Das war die einzige Zeit, in der der Brief vertauscht werden konnte, da hatten die Räuber wohl Mitleid oder es sollte ein Schabernack gegen den König werden.

Am nächsten Morgen war der König auch recht böse und holte meinen Herrn und sagte: „So leicht wirst du meine Tochter nicht zur Frau haben. Bring mir erst drei goldene Haare vom

Haupt des Teufels, dann kannst du sie behalten."

Aber mein Herr hatte keine Angst, und so beschloss ich, ihn zu begleiten, denn der König war mir zu gefährlich geworden ohne einen Menschen, der Glück bringt an meiner Seite.

Zusammen kamen wir in eine Stadt, wo der Wächter am Tor fragte, woher und wohin wir des Weges gingen und was unser Gewerbe sei und zuletzt, was wir wüssten. Mein Herr aber, ganz keck, meinte, er wisse alles.

Da rief man ihn zum Dorfbrunnen, aus dem vor kurzem noch Wein geflossen war und der jetzt nicht einmal Wasser gab, und mein Herr versprach das Rätsel zu lösen und auf dem Rückweg Antwort zu bringen.

In der nächsten Stadt ging es uns ähnlich, nur hier war es ein Baum, der goldene Äpfel getragen hatte und nun fast verdorrt war. Auch hier versprach er Antwort auf dem Rückweg.

So kam er an ein Wasser, auf dem ein Fährmann Dienst tat, der wollte wissen, warum er seinen Dienst jahraus jahrein tun müsse und niemand ihn ablöse. Da versprach er auch ihm Hilfe.

Hinter dem Wasser aber war der Eingang zur Hölle, da saß die Großmutter des Teufels vor der Türe. Ich aber versteckte mich mit allem, was wir an Reisegepäck hatten und ließ meinen Herrn allein seiner Wege gehen.

Als er wiederkam, erzählte er, wie er die Großmutter um die drei Haare des Teufels und um Antwort auf die drei Fragen gebeten habe und deshalb als Ameise verzaubert in ihrem Rock versteckt wurde.

Als der Teufel nach Hause kam, schnupperte er in alle Ecken und suchte, denn seine Nase sagte ihm, es war Menschenfleisch im Haus. Die Großmutter aber habe ihn beruhigt, ihm etwas zu essen gegeben und dann seinen Kopf zum Schlaf in ihren Schoss gebettet. Dann habe sie ihm die Haare durchgesehen, ob er wohl Läuse habe, und als er einschlief, da zog sie und legte das erste goldene Haar neben sich.

Der Teufel aber wurde sofort wach, so erzählte mein Herr und schimpfte. „Ach", sagte die Großmutter, „das muss im Traum passiert sein. Mir träumte ein Brunnen, aus dem noch vor kurzem Wein geflossen war, sei trocken geworden, was kann daran wohl schuld sein?" Der Teufel habe nur kurz aufgeschaut und gesagt: „Wenn sie denn unterm Brunnen den Stein suchten und die Kröte darunter, wenn sie die erschlagen, dann haben sie wieder Wein im Überfluss."

Als er wieder einschlief, ging es gleich genauso, und der Traum, den die Großmutter erzählte war von dem Baum und den goldenen Äpfeln.

„Ach", sagte der Teufel „da ist eine Maus an den Wurzeln, die können sie erschlagen und haben wieder goldene Äpfel, oder sie lassen sie dort, dann wird der Baum nur noch kurz wachsen und dann eingehen. Aber du, wenn du mich noch einmal zaust, dann gibt es eine Ohrfeige, du magst meine Großmutter sein oder sonst wer."

Die aber kannte den Teufel und riss ihm beherzt das dritte Haar heraus, und wie der Teufel schimpfte und schimpfte, da sagte sie bloß: „Such ich mir meine Träume oder suchen die mich?"

Da wurde der Teufel neugierig und fragte nach, und sie erzählte vom Fährmann, der nicht aufhören durfte zu fahren.

Da lachte der Teufel und sagte: „Dummer Mann, nur dem nächsten Fahrgast die Stange in die Hand gegeben, und er ist frei und sein Gast Fährmann."

Am Morgen aber verschwand der Teufel wieder, und die Großmutter machte aus der Ameise wieder meinen Herrn. So kam er zu mir mit den drei Haaren und der Geschichte, und wir gingen sofort los, um nach Hause zu kommen.

Der Fährmann war auch schon neugierig, doch mein Herr versprach ihm die Antwort erst nach der Überfahrt. Wie wir beide glücklich am Land waren, rief er ihm zu: „Gib nur dem nächsten Gast deine Stange, dann bist du frei."

So kamen wir in die beiden Städte, berichteten den Menschen, was der Teufel erzählt hatte, und als es so kam wie versprochen, nachdem Kröte und Maus erschlagen waren, da gaben uns die Bewohner jedes Mal zwei Esel beladen mit reinem Gold.

Im Schloss freute sich die Königstochter schon über die Rückkehr ihres Mannes, und der König hatte keinen Grund mehr, den Schwiegersohn zu verstoßen. Er war auch recht habgierig, freute sich über das viele Gold und fragte wieder und wieder, wie dies zustande gekommen war.

Da tat mein Herr geheimnisvoll und erzählte von einem Fluss, an dessen anderer Seite der Sand aus Gold gemacht sei. Kaum erzählt, da packte der König seine Sachen, nahm eine Anzahl Esel mit sich und ging ganz ohne Diener, wohl in Angst, sie könnten ihm das Gold stehlen.

Wir aber lebten glücklich im Schloss, denn der König, der meinem Herrn nach dem Leben getrachtet hatte, kam nicht mehr zurück.

Die Esel aber brachte nach einer Zeit der Fährmann zu uns und erzählte, wie der König mit
ihm überfahren wollte und er ihm die Stange in
die Hand gedrückt habe und dann schnell vom
Boot gesprungen sei.

Auch hätte er nicht verraten, wie der König
vom neuen Amt freikommen könne, so dass der
König wohl lange Jahre fahren werde.

Die Kristallkugel

Sagt jemand, seine Mutter sei eine Hexe, dann ist das ungehörig und etwas, was man verbieten soll. Sage ich aber, meine Mutter ist eine Hexe, dann spreche ich nur die Wahrheit, und ich habe es leidvoll erfahren müssen.

Drei Brüder waren wir und hatten uns lieb, wie es Brüder eben tun, doch unsere Mutter meinte nur, wir wollten ihr die Zauberkraft und die Macht rauben. Was wir auch taten und wie treu wir auch waren, sie dachte Schlechtes von uns und erwartete einen Angriff jeden Tag. Sie aber konnte Magie und solange wir sie ihr nicht nehmen konnten, war sie mächtiger als wir Brüder.

So hatte sie meinen großen Bruder in einen Adler verwandelt und den mittleren in einen Walfisch, und ein jeder war in seinem Element. Ich aber hatte es gesehen und hatte nun Angst, sie würde aus mir einen Bären oder Wolf machen und floh vor ihr.

Ich wusste nicht, wie ich meinen Brüdern helfen könnte, aber ich hatte auch keine Idee, was ich mit meinem Leben anfangen könnte. „Erst einmal davon und in Sicherheit!", so dachte ich, und als ich auf dem Weg die Geschichte hörte, eine Königstochter sei auf dem Schloss der goldenen Sonne verwunschen, da wollte ich den

Bann lösen. Auch als ich hörte, nur vierund-
zwanzig Jünglinge dürften es probieren und
dreiundzwanzig seien bereits gescheitert und
tot, da hielt es mich nicht davon ab.

Auf dem Weg sah ich in einem Wald zwei Riesen, die sich stritten, und wie ich näher kam, da
ging es um einen ganz gewöhnlichen Hut. Als
sie mich sahen, hielten sie inne und sagten:
„Menschen sind doch klug, magst du nicht helfen? Wir sind gleich stark und können einer den
anderen nicht überwinden, wer soll den Hut
bekommen?"

Ich verstand nicht, wieso ein Hut so einen Streit
wert war, doch die Riesen sagten mir, es sei ein
Wunschhut, der jeden in einem Wimpernschlag
ans Ziel bringen könne. Das war ein Zauber-
stück, da konnte ich den Streit gut verstehen.

So dachte ich bei mir: „So ein Hut käme mir
gerade recht!", und schlug den Riesen vor, mit
dem Hut ein Stück wegzugehen, dann zu rufen,
und wer mich zuerst erreiche, dessen Hut sollte
es sein.

Aber ich fand, Riesen können so einen Hut gar
nicht recht würdigen. Also nahm ich den Hut,
ging außer Sicht und wünschte mich zum
Schloss der goldenen Sonne.

Ich ging gleich durch das Tor und fand dort
auch eine Frau in Kleidern wie für eine Königs-

tochter, doch sie war hässlich und voller Runzeln und hatte ganz trübe Augen. Ich erschrak ein wenig und fragte: „Seid ihr nicht die Königstochter, deren Schönheit alle Welt lobt?"

Da seufzte sie und zeigte auf einen Spiegel: „Nur dort kannst du sehen, wie ich aussehe, mein Gesicht selbst ist verzaubert worden." Und so sah ich in den Spiegel und wusste nun, sie war die Allerschönste, die ein Auge je gesehen hatte.

Ich fragte, wie sie erlöst werden könne, und sie erzählte es mir: „Eine Kristallkugel ist zu gewinnen, die muss der Jüngling dem Zauberer vorhalten, dann werde ich wieder ganz ich sein können. Auf dem Weg dorthin findest du an einer Quelle einen wilden Auerochsen, den musst du bekämpfen. Aus seinem toten Leib kommt ein Feuervogel, der hat ein glühendes Ei und in dem Dotter des Eis ist die Kristallkugel. Der Vogel lässt das Ei fallen, wenn man ihn bedrängt, doch darf es nicht so fallen, dass auf die Erde fällt, denn dann verbrennt es alles und die Kristallkugel gleich mit und dann kann ich niemals erlöst werden."

So ging ich zu der Quelle, aus der der wilde Auerochse gerade trank, und es folgte ein harter Kampf, doch am Ende besiegte ich ihn. Schneller als ich schauen konnte, flog der Vogel auf, doch schnell rief ich meinen Bruder, den Adler. Ist doch der Adler der König der Vögel, groß und mächtig und schnell, da kann kein Feuervogel entkommen. So folgte er dem Vogel und drängte ihn zum Meer. Dort ließ der Vogel sein Ei fallen, und es fiel und fiel gerade über einer Fischerhütte. Es fiel so schnell, dass auch der Adler es nicht retten konnte, und es brannte so heiss, dass es alles verbrannte, was ihm nahe kam.

Bevor aber die Hütte Feuer fangen konnte, hatte mein Bruder, der Wal, schon Wellen aufgetürmt. Und diese Wellen, die schickte er mit manchem Flossenschlag an Land. Sie schlugen so hoch, dass sie jeden Brand löschen konnten.

Die Hütte war nass und ein wenig angeschlagen, als die Wellen wieder zurück ins Meer flossen. So ging ich dorthin, suchte und fand das Ei. Es war auch nicht geschmolzen, nur die Schale ein wenig angeschlagen, so dass ich die Kristallkugel leicht an mich nehmen konnte.

Den Zauberer fand ich dann schnell. Als ich ihm die Kugel zeigte, wich er zurück und gab mir die Macht seiner Zauberkünste und das Recht als König im Schloss der goldenen Sonne zu herrschen. So war ich jetzt frei und stark genug, dass mein Zauber meine Brüder befreien konnte.

WAS GIBT ES NOCH?

„Frau Kain regt sich auf"
Erweiterte Sonderausgabe zur Buchmesse in Leipzig
Hardcover 17,99 EUR 978-3-7392-3398-7
1. Ausgabe:
Lieferbar als Taschenbuch 9,99 EUR
978-3-7347-8053-0,
ebook 4,99 EUR 978-3-7392-8840-6 oder
Hardcover 17,99 EUR 978-3-7347-80561

====================================

Neu ab Februar 2016
„Der magische Hauch"
Märchen frei nach Gebrüder Grimm
Lieferbar als Taschenbuch 10,99 EUR,
978-3-7392-3290-4
ebook 6,99 EUR oder
Hardcover 19,99 EUR 978-3-7392-3650-6

Informationen zu neuen Buchprojekten, Lesungen usw. erhalten Sie Online oder per Mail.
Mein Buch hat Ihnen gefallen und Sie möchten andere Menschen dafür begeistern? Gerne sende ich Ihnen eine Leseprobe mit Texten beider Bücher in der gewünschten Menge zum Weitergeben
www.kathrin-schroeder.com
www.facebook.com/authorkathrinschroeder
info@frau-kain.de